*= Chemin
à suivre

LE MONSTRE DE ZOMBIVILLE

LE MONSTRE DE ZOMBIVILLE

**Texte et illustrations
de
Richard Petit**

Éditeur jeunesse

© 2003

Isbn : 2-89595-001-6

Dépôts légaux 3ᵉ trimestre 2003
Imprimé au Canada
Bibliothèque nationale du Québec
Bibliothèque nationale du Canada

Boomerang éditeur jeunesse inc.
Québec (Canada)

Courriel : edition@boomerangjeunesse.com
Site Internet : www.boomerangjeunesse.com

TOI!

Tu fais maintenant partie de la bande des
TÉMÉRAIRES DE L'HORREUR.

OUI! Et c'est toi qui as le rôle principal dans ce livre où tu auras bien plus à faire que de tout simplement... LIRE. En effet, tu devras déterminer toi-même le dénouement de l'histoire en choisissant les numéros des chapitres suggérés afin, peut-être, d'éviter de basculer dans des pièges terribles ou de rencontrer des monstres horrifiants.

Aussi, au cours de ton aventure, lorsque tu feras face à certains dangers, tu auras à jouer au jeu des **PAGES DU DESTIN...** Par exemple, si dans ton aventure, tu es poursuivi par une espèce de monstre dangereux et qu'il t'est demandé de TOURNER LES PAGES DU DESTIN afin de savoir si ce monstre va t'attraper, la première chose que tu dois tout de suite faire, c'est de placer ton doigt tout tremblotant ou un signet à la page où tu es rendu, car tu auras à y revenir. Ensuite, SANS REGARDER, tu fais glisser ton pouce sur le côté de ton Passepeur en faisant tourner les feuilles rapidement pour finalement t'arrêter AU HASARD sur l'une d'elles.

Maintenant, regarde au bas de la page de droite : il y a plusieurs pictogrammes. Pour savoir si le monstre t'a attrapé, il n'y en a que deux qui te concernent :

celui de l'espadrille et celui de la main.

Pour le moment, ne t'occupe pas des autres, ils te serviront dans d'autres situations. Je t'explique tout un peu plus loin.

Comme tu as peut-être remarqué, sur une page, il y a une espadrille, et sur la suivante, il y a une main, et ainsi de suite, jusqu'à la fin du livre. Si par chance, en tournant les pages du destin, tu t'arrêtes au hasard sur le pictogramme de l'espadrille, eh bien bravo, tu as réussi à t'enfuir. Là, retourne au chapitre où tu étais rendu, il t'indiquera le numéro de l'autre chapitre où tu dois aller pour fuir le monstre. Si tu es le moindrement malchanceux et que tu t'arrêtes sur le pictogramme de la main, eh bien, le monstre t'a attrapé ; là encore, tu reviens au chapitre où tu étais, mais tu auras par contre à te rendre au chapitre indiqué où tu tomberas entre les griffes du monstre.

Lorsqu'on te demandera de TOURNER LES PAGES DU DESTIN, tu n'utiliseras, selon le cas, que les DEUX pictogrammes qui concernent l'événement. Voici les autres pictogrammes et leur signification...

Pour déterminer si une porte est verrouillée ou non :

Si tu tombes sur ce pictogramme-ci, cela signifie qu'elle est verrouillée.

Si tu t'arrêtes sur celui-ci, cela signifie qu'elle est déverrouillée.

S'il y a un monstre qui regarde dans ta direction :

 Ce pictogramme veut dire qu'il t'a vu.

 Celui-ci veut dire qu'il ne t'a pas vu.

En plus, pour te débarrasser des monstres que vous allez rencontrer tout au long de cette aventure, tu pourras utiliser une arme super « COOL », votre « bazoum-K ».

Cette manette de jeu vidéo que vous avez transformée en pistolet laser va vous être très utile. Cependant, pour atteindre les monstres qui t'attaquent avec cette arme puissante, tu auras à faire preuve d'une grande adresse au jeu des pages du destin. Comment ? C'est simple : regarde dans le bas des pages de gauche. Il y a un petit monstre, ton bazoum-K et le rayon laser lancé par ton arme.

Le petit monstre représente toutes les créatures que tu vas rencontrer au cours de ton aventure. Lorsque, dans ton aventure, tu fais face à une créature malfaisante et qu'il t'est demandé d'essayer de l'atteindre avec ton bazoum-K pour l'éliminer, il te suffit de tourner rapidement les pages de ton Passepeur en essayant de t'arrêter juste au milieu du livre. Plus tu t'approches du centre du livre, et plus le rayon laser se rapproche du monstre. Si tu réussis à t'arrêter sur une des cinq pages centrales du livre portant cette image,

eh bien, bravo ! Tu as visé juste et tu as réussi à atteindre de plein fouet la créature qui te cherchait querelle et, de ce fait, à t'en débarrasser. Tu n'as plus qu'à suivre les instructions au chapitre où tu étais selon que tu l'aies touchée ou non.

Ta terrifiante aventure débute au chapitre 1. Et n'oublie pas : une seule finale te permet de terminer... *LE MONSTRE DE ZOMBIVILLE.*

Une horde de répugnants zombis venant d'un lointain et très ancien cimetière assiège Sombreville. Ça fait des semaines que ça dure. La ville est complètement encerclée de monstres affamés qui en veulent... À VOTRE CERVEAU ! Toute tentative de fuir la ville est vouée à l'échec...

Il est 20 h 00, et, avec tes amis des Téméraires, Marjorie et Jean-Christophe, vous êtes chargés du guet. Vous surveillez nerveusement les vieux remparts qui entourent et protègent la ville des envahisseurs. C'est une chance que ces remparts n'aient pas été détruits après la guerre. Qui aurait pensé qu'un jour ils serviraient à nouveau ?

En faction, vous êtes tous les trois chargés de signaler aux autorités le moindre changement dans les agissements des zombis : déplacements de troupes et autres. Il faut à tout prix éviter une attaque surprise.

Les zombis sont beaucoup trop calmes depuis quelque temps. Ils manigancent quelque chose, tout le monde s'en doute... Les dernières nouvelles venant de l'état-major ne sont pas très bonnes. À la suite de révélations faites par un espion, le maire vient de mettre la ville en état d'alerte rouge; c'est le plus haut niveau. Il va se passer quelque chose... CE SOIR !

Allez au chapitre 65.

2

Tu as vu juste… LE MEUBLE A BOUGÉ !

Vous reculez vers la sortie juste comme une commode marche d'un pas lourd vers vous. **BANG !** **BANG ! BANG !** Un de ses tiroirs s'ouvre, et elle montre… SES CLOUS !

Vous sortez rapidement de la pièce en fermant la porte. Tu reprends ton souffle jusqu'à ce que tu aperçoives tous ces tableaux sur le mur… QUI VOUS OBSERVENT !

Vous marchez lentement vers une échelle qui conduit sur le toit de l'immeuble. Autour de vous, les tableaux s'envolent comme le font les chauves-souris. Vous courez vers la sortie en gesticulant… Trois tableaux aux dents proéminentes volent vers toi. Vont-ils réussir à t'attraper ? Pour le savoir…

… Tourne les pages du destin.

S'ils réussissent à t'attraper, tu dois aller au chapitre 76.
Si, cependant, tu as réussi à t'enfuir, va alors au chapitre 44.

Au moment où vous vous pointez le nez dans le cimetière, un orage éclate. **BRAOOUUMMM !**

Une pluie torrentielle déferle sur le cimetière et chasse la terre. Autour de vous, des visages blafards apparaissent dans le sol … DES ZOMBIS !

Tu voudrais bien courir à toute vitesse vers la sortie, mais tes pieds se sont enlisés dans la boue. Jean-Christophe patine vers toi pour te venir en aide. Un zombi s'assoit dans son cercueil et attrape ton ami. Marjorie se met à hurler : HIIIIIIIII !

HIIIIIIII !

Un autre zombi se tient debout juste derrière toi. Tu te laisses choir sur le sol pour éviter qu'il ne te saisisse. Tu nages dans la boue infecte jusqu'à un arbre sur lequel Marjorie a réussi à se percher. Le zombi, incapable de grimper à l'arbre, grogne quelque chose d'incompréhensible.

GRAOUUURRRAA !

Des dizaines de mains blanches saisissent les racines, et l'arbre s'enfonce dans le sol. Vous parvenez à atteindre la cime, mais ça ne fait que retarder l'inévitable. Au pied de l'arbre, un attroupement de zombis affamés attend…

FIN

Marjorie de retour, vous examinez les environs afin de déterminer par où vous allez commencer votre exploration. Rends-toi au chapitre que tu auras choisi…

5

Tu sondes du regard la profondeur du gouffre sans parvenir à voir le fond. Vous laissez tomber un petit caillou. De longues secondes s'écoulent avant que vous n'entendiez un tout petit **SPLACH !** Bon ! Il y a de l'eau en bas…

Marjorie se met à siffloter et Jean-Christophe attache le lacet de son espadrille. Bon, pas besoin de te faire un dessin. Tu prends alors ton courage à deux mains et tu décides de faire le grand saut, avant tes deux amis. Tu recules dans le couloir suffisamment pour t'élancer. Vas-tu parvenir à atteindre l'entrée du temple en sautant ? Pour le savoir, mets un signet dans ton livre et ferme-le. Maintenant, pose-le, debout, sur une table.

Si ton livre tient dix secondes sans tomber, eh bien bravo ! Tu as réussi ton saut et tu as atterri les deux pieds à l'entrée du temple, au chapitre 56.

Si, par contre, ton livre est tombé avant que tu aies pu compter jusqu'à dix, MALHEUR ! Tu tombes au fond du gouffre au chapitre 18.

Facilement, vous vous rendez à la tourelle du rempart...

Ce très ancien repaire de sorciers servait autrefois de musée à la ville où étaient exposées au grand public des tas de vieilleries. On dirait une tour de château acheté en Transylvanie, et transporté pierre par pierre jusqu'ici par bateau. Fallait être complètement fou... OU RICHE !

La vieille construction a été laissée à l'abandon, et nos grands-parents racontent des choses étranges sur l'endroit. Ils disent que l'endroit est toujours hanté par les fantômes des sorciers ayant exercé dans cet endroit des sortilèges de magie noire...

Il est vrai que plusieurs témoins auraient aperçu de curieuses lueurs la nuit. Comme celle que tu aperçois en ce moment même... À UNE FENÊTRE !

Allez au chapitre 54.

7

Votre sourire quitte rapidement votre visage lorsque vous constatez que des cornes viennent de pousser sur votre front.

« DIABLE ! s'étonne Marjorie. Qu'est-ce qui se passe ?

— Pas de panique ! t'exclames-tu. Il suffit de trouver une bouteille en forme de corne, c'est tout… »

Vous cherchez comme des débiles sur l'étagère, mais il n'y en a malheureusement pas. Tu veux t'asseoir, mais une queue de reptile vient de pousser juste au-dessus de tes fesses.

Des griffes rouges poussent ensuite à la place de tes ongles, et ta peau devient toute rouge. Tu es soudainement pris de violents frissons…

« Diable qu'il fait froid ici ! » se plaint Jean-Christophe, qui ressemble plus que tout… À UN DÉMON !

Vous cherchez tous les trois une source de chaleur à la surface et savez pertinemment que la seule source de chaleur capable de calmer vos frissons… SE TROUVE AU CENTRE DE LA TERRE ! C'est par le trou creusé par la tour de forage que vous allez vous y rendre… TOUS LES TROIS !

FIN

8

Tourner la manivelle ou abaisser le levier...
CHOISIS !

La porte n'est pas verrouillée ! C'est peut-être un signe que la chance est avec vous…

Comme le sol est boueux, pas moyen de savoir si les zombis venaient d'ici, car c'est impossible de voir des traces de pas. Tu avances sur la pointe des pieds pour ne pas salir tes espadrilles, mais ça ne sert à rien; tu t'enfonces jusqu'aux chevilles. Autour de vous, il y a des milliers de pierres tombales fissurées. Tu ne sais pas trop l'âge de ce cimetière. Il est très très ancien, car l'épitaphe des pierres tombales est écrite dans une langue qui t'est inconnue.

Tu frissonnes et continues d'avancer. Une flopée de chauves-souris vampires survolent le cimetière. Marjorie attrape une gousse d'ail et la lance dans leur direction.

« Mais qu'est-ce que tu fais ? lui demande son frère. Ne gaspille pas notre ail avec ces bestioles, nous pourrions en avoir vraiment besoin plus tard… »

Les chauves-souris s'éloignent…

« Tu vois ! lui montre sa sœur. Je les ai effrayées…

— Tu leur aurais lancé une pierre et tu aurais obtenu le même résultat. Une gousse de gaspillée…

— Jamais content, lui ! » marmonne Marjorie…

Allez au chapitre 89.

OUF ! Lentement, le judas se referme… IL NE VOUS A PAS VUS !

Tu laisses échapper un soupir de soulagement. C'était risqué, mais au moins, maintenant, vous savez que vous aviez raison. De toute façon, c'est bien connu : il ne faut jamais faire confiance à un mort vivant. C'est écrit rouge sur noir dans l'Encyclopédie noire de l'épouvante… C'est bien beau d'avoir eu raison, mais maintenant, qu'allez-vous faire ?

Vous sortez tous les trois de votre cachette afin d'élaborer un plan. Tu examines la tête du centaure et tu remarques le contour d'une autre porte. Vous escaladez en silence le corps en bois de la statue jusqu'à la tête et vous constatez que, derrière ses deux yeux de verre, se cache une cabine de pilotage. Cette statue, en plus d'être un cadeau empoisonné, est un monstre mécanique capable de détruire une ville entière…

Soudain, tu as la solution à votre problème : piloter vous-mêmes ce monstre jusqu'au ravin du revenant pour ensuite le lancer dans l'abîme… C'est un très bon plan, mais il vous faut tout d'abord trouver la clé pour ouvrir la cabine.

Allez au chapitre 48.

11

Plusieurs rangées de colonnes vous empêchent de bien voir autour de vous. La méduse pourrait se cacher derrière n'importe laquelle. Tu trembles comme si tu avais très froid, et pourtant des gouttes de sueur perlent sur ton front.

Vous vous tenez tous les trois la main comme des écoliers qui veulent traverser une rue achalandée. Un bruit comparable à des maracas provient d'une queue de serpent gigantesque. La queue glisse et disparaît dans le noir. C'EST LA MÉDUSE !

Vous reculez vers le fond de la salle près d'une fontaine d'eau bleue. Tu sens une présence autour de vous. Tu n'oses pas regarder.

« Le reflet dans l'eau », penses-tu tout à coup.

Vous vous penchez tous les trois au-dessus du miroir de la surface de l'eau et vous remarquez quatre visages au lieu de trois. Tu te retournes. La méduse te sourit. Tes orteils durcissent, puis ce sont tes jambes, ton torse, tes bras, ta tête…

FIN

12

Observe bien le parc. Est-ce que le zombi vous poursuit encore ?

Si tu crois que oui, rends-toi au chapitre 82.
Si tu penses que vous avez réussi à le semer, allez au chapitre 81.

13

Malgré le fait que tu aies très mal, tu prends bien le temps d'étudier chacune des étiquettes afin de trouver une quelconque indication qui pourrait te permettre de traiter les morsures de chauves-souris.

Rien sur les étiquettes, mais une bouteille… EN FORME DE CHAUVE-SOURIS ! Tu n'as plus bien bien le choix ni le temps. Tu dévisses le bouchon et tu en bois tout le contenu.

BOUM ! BOUM ! Les deux ailes que tu avais dans le dos viennent de… TOMBER PAR TERRE ! Tu parles d'une réaction rapide…

Vous vous faites tous les trois l'accolade. Dans un réfrigérateur qui fonctionne toujours, Marjorie a encore fait une trouvaille, une grosse bouteille de boisson gazeuse à l'orange. Jean-Christophe extirpe trois verres de plastique d'une distributrice, et vous trinquez.

« BON ! fait-il en levant son verre. Ce n'est pas du champagne, mais ça fera l'affaire. »

Vous buvez et videz tous les trois votre verre au chapitre 7.

14

À trois, vous poussez la porte et vous découvrez de l'autre côté des dizaines de créatures ailées endormies sur le sol. Bon, retourner en arrière serait peut-être une bonne idée, mais vous êtes des Téméraires, alors…

Marjorie referme très lentement la porte derrière elle. Il y a très peu d'espace pour passer; vous allez devoir marcher entre les monstres comme des funambules sur un fil de fer pour vous rendre à un grand escalier.

Pour savoir si vous allez réussir à traverser la salle sans réveiller les créatures, rappelle-toi le numéro de ce chapitre, ferme ton Passepeur et dépose-le debout dans ta main.

Si tu réussis à faire trois pas avec ton livre en équilibre dans ta main, eh bien bravo ! Tu as traversé la salle sans réveiller le moindre monstre. Va au chapitre 16.

Si cependant ton livre est tombé avant que tu aies fait les trois pas, MALHEUR ! Une créature vient de vous apercevoir. Alors dirige-toi au chapitre 39.

15*

Dégoûté de la façon dont ce monstre se repaît, tu regardes ailleurs et remarques une forêt de plantes géantes qui montent jusqu'au plafond de la grotte. Tu donnes un coup de coude à Jean-Christophe et tu lui fais un signe avec la tête. Ton ami observe quelques secondes les plantes et acquiesce. Sur le ventre, vous vous dirigez tous les trois vers elles.

Une espèce de serpent vert fluorescent, qui n'a ni bouche ni yeux, a entrepris de s'introduire dans ton sac à dos. Tu t'en débarrasses en le tirant par la queue ou la tête, tu ne sais pas trop.

Sous les « miam miam » et les « slurp slurp » de la créature qui se délecte goulûment, vous escaladez assez facilement les grandes plantes en vous accrochant aux feuilles. La cime des plantes est solidement ancrée dans le plafond de la grotte, où vous remarquez le fond de plusieurs cercueils de bois. Un curieux liquide coule à l'intérieur de quelques petites racines. Ces racines, connectées directement aux cercueils, déversent un liquide qui a la propriété de redonner vie aux cadavres ensevelis dans le cimetière…

Voilà la source de tout le problème…

Allez au chapitre 91.

16

Sur la pointe des pieds, vous descendez les marches de l'escalier jusqu'à une immense grotte qui s'étend à perte de vue. Il y a de la végétation et des rivières. Méchante découverte ! C'est un monde oublié, enseveli depuis des milliards d'années. Autour de vous, il y a des plantes avec des yeux, et un petit animal à six pattes court sur la branche d'un arbre violet...

Explorez cette grotte au chapitre 68.

Par un passage secret que vous seuls connaissez, vous traversez le rempart. Avant de sortir du long tunnel sombre, vous regardez partout. Tout est mort ! Enfin, ce n'est pas très bon signe, car un zombi… C'EST MORT AUSSI !

Vous sortez de l'enceinte et vous marchez d'un pas incertain vers le cimetière. La lune comme seule compagne, vous entrez dans les bois qui entourent la ville. Les beaux arbres verts ont fait place à une forêt d'arbres morts, les zombis ayant tout détruit sur leur passage. Le silence te glace le sang. Il n'y a même pas un criquet dans le coin.

Tu grimaces à la vue d'un bout de doigt en décomposition laissé par un zombi. Lorsque Jean-Christophe avance, le doigt se met à bouger. Tu sursautes et tu repars, dégoûté.

Devant vous se dresse l'immense grille du cimetière. Est-elle verrouillée ? Pour le savoir…

… TOURNE LES PAGES DU DESTIN.

Si elle est déverrouillée, rends-toi au chapitre 9.
Si par contre elle est verrouillée, va au chapitre 19.

18

Juste comme tu poses le pied droit sur le bord fragile du couloir, une grande pierre fissurée tombe et t'emporte avec elle dans l'abîme. Tu nages dans le vide, espérant attraper n'importe quoi. Le gros morceau de pierre percute la paroi et virevolte. Tu avales de la poussière, POUAH !

Quelques secondes passent avant que tu parviennes à atteindre l'étang quelques centaines de mètres plus bas.

SPLOUCH !

Tu bats des mains et tu donnes de grands coups de pieds afin de parvenir à la surface. Tout à fait en haut, tu aperçois tes amis, tout petits. L'écho faible de leur voix parvient à peine à tes oreilles. Tu nages et tu découvres un long escalier serpentant autour d'une stalagmite. Tu le gravis, et il te mène à une entrée qui a la forme d'une tête de dieu aux cheveux de serpents. Sur tes gardes, tu pénètres dans l'orifice de sa bouche. Une cage suspendue à de gros cordages se balance. Tu montes à bord et tu actionnes difficilement la manivelle, qui t'élève très haut jusqu'au temple…

… *au chapitre 74.*

19

Pas de chance, elle est verrouillée.

Sauter par-dessus la haute muraille ? IMPOSSI-BLE ! Il y a une multitude de pics pour décourager les intrus…

Inutile de grimper à un des arbres pour ensuite penser s'introduire dans le cimetière, ils sont tous morts, donc pas assez forts pour supporter votre poids. Vous contournez la muraille à la recherche d'une brèche ou d'un passage secret. Un hurlement survient, GRAOOOUUU ! Vous vous jetez tous les trois sur le sol. Cachés sous un buisson, vous observez les alentours. Une ombre sillonne les arbres de la forêt, juste à quelques mètres de vous. Vous la suivez des yeux. Elle bifurque, et tourne le coin de l'enceinte du cimetière. À pas feutrés, tu avances, dos à la muraille, et regardes discrètement. L'ombre disparaît en passant carrément à travers les pierres de la muraille. Le visage grimaçant, tu te tournes vers tes amis.

« Elle est entrée dans le cimetière en passant à travers la muraille, dis-tu, éberlué. Comme le ferait un fantôme… »

Allez au chapitre 53.

20

Tu tournes le cadran : 44, 58, et finalement, 31.

CLOC ! Hourra ! Ça s'ouvre…

Vos yeux s'agrandissent lorsque vous découvrez à l'intérieur une multitude de pochettes qui contiennent une fortune en diamants.

Pas le temps de chercher à comprendre… ON VIENT ! Vous refermez doucement le coffre. Ensuite, vous vous accroupissez derrière une table de travail. Marjorie reconnaît la voix du maire de Sombreville…

« Ces jeunes imbéciles vont tout foutre nos projets en l'air, explique le maire à ses acolytes. Sous la ville se trouve le plus grand minerai de diamants jamais trouvé au monde. Il faut que les zombis réussissent à envahir la ville et à nous débarrasser des citoyens. Seulement après, la ville nous appartiendra, et nous pourrons creuser sans restrictions. Le projet " Cheval de Troie " doit aller de l'avant. Trouvez-moi ces trois jeunes imbéciles… TOUT DE SUITE ! »

Allez au chapitre 58.

Tu tâtes les murs à la recherche d'un interrupteur. Trouvé !

CLIC !

Au plafond, des néons éclairent plusieurs postes de travail sur lesquels vous trouvez des loupes, de minuscules outils de précision et des petites meules. Il y a de la poussière brillante partout par terre… Serrée dans un petit étau se trouve une pierre dans laquelle on vient tout juste d'extirper quelque chose.

« Moi qui croyais que le puits était abandonné, réfléchit Marjorie à voix haute.

— Tout le monde le croyait, rajoutes-tu. Mais qu'est-ce qu'on peut bien extraire de ce puits, et qui l'exploite ? »

Au fond du hangar, vous remarquez un grand coffre-fort.

« Je ne sais pas de quoi il s'agit, mais ça doit valoir une fortune », vous fait remarquer Jean-Christophe. Regardez ce coffre-fort…

Vous vous en approchez au chapitre 102.

22 *

— SILENCE ! Jeune écervelé ! t'intime le maire. Nous avons une chance de faire la paix avec ces monstres et nous n'allons pas la gâcher à cause d'une simple intuition de Téméraires. Nous allons accepter leur cadeau…

— MAIS ! Monsieur le… essaies-tu de lui faire comprendre.

— CE QUI EST DIT EST DIT ! insiste-t-il en fronçant ses gros sourcils touffus. L'histoire ne se répétera pas. Demain, à l'aube, inauguration de la statue sur la grande place. Annoncez-le à tous les habitants de Sombreville, déclare-t-il devant quelques journalistes. Et comme toujours, il y aura guirlandes, fanfare et crottes de fromage… »

Lentement, les remparts entourant la ville se vident, et vous vous retrouvez seuls. Pendant que tu observes la statue, Marjorie dégringole les escaliers et quitte en courant.

« Ça sent la mission, cette histoire-là ! penses-tu…

— MARJORIE ! hurle son frère. MAIS OÙ VAS-TU ?

— CHERCHER L'ÉQUIPEMENT ! crie-t-elle sans se retourner. ATTENDEZ-MOI ICI, JE REVIENS TOUT DE SUITE ! IL N'EST PAS QUESTION DE FAIRE ENTRER CETTE STATUE DANS LA VILLE ! »

Il faut que tu attendes cinq minutes avant d'aller au chapitre 4.

23

Vous vous butez rapidement à quelque chose de solide. On dirait la main d'une statue. Tu dégages avec ta branche les contours de la main jusqu'au bras. Ensuite, tu enlèves la terre qui recouvre le torse de ce qui semble être une grande statue ailée à quatre bras. Tu examines le monstre de pierre à tes pieds et penses que cet être étrange a vécu sur terre bien avant les dinosaures. On parle de plusieurs milliards d'années. Jamais entendu parler de ce genre de créature à l'école...

Tu sursautes lorsque tu constates que la créature... OUVRE LES YEUX !

Vous reculez tous les trois pour vous cacher derrière un gros tas de vieux os. La créature se lève sur ses deux pattes, se secoue un peu et étire les bras comme pour se tirer d'un très long sommeil.

« Je crois que nous venons de faire une grosse bêtise », murmure Marjorie.

La créature renifle autour d'elle. CATASTRO-PHE ! Elle vient sans doute de flairer votre présence. Le tas d'os laisse passer un rayon de lumière... UN PASSAGE ! Tu pousses un des gros os et tu dégages l'entrée.

Vous vous engouffrez dans l'ouverture jusqu'au chapitre 98.

24

... qu'un zombi essaie de s'introduire dans l'ouverture ! Tu le mets en joue. Vas-tu réussir à l'atteindre avec ton bazoum-K ? Pour le savoir...

Tourne les pages du destin et vise bien...

Si tu as réussi à l'atteindre, rends-toi au chapitre 57.

Si par contre tu l'as complètement raté, va alors au chapitre 83.

25

Derrière le comptoir, un zombi grignote un beignet. Il lève les yeux et semble maintenant plus attiré… PAR TON CERVEAU JUTEUX !

Vous courez vers l'extérieur. Le zombi se lève lentement et vous suit. Dans les dédales des rues, vous essayez de le semer, mais chaque fois que tu te retournes, il est derrière. Vous décidez de l'attirer dans le parc d'attractions. Là, il vous sera facile de le semer avec tous ces manèges.

Vous courez le long du boulevard Mortdetrouille jusqu'à l'entrée du parc. Le zombi marche inlassablement… DERRIÈRE VOUS !

Vous zigzaguez longtemps entre les manèges, puis vous vous cachez dans les toilettes publiques.

Tu sors la tête quelques secondes plus tard pour chercher des yeux le zombi au chapitre 12.

26

En désespoir de cause, tu te mets à leur crier des insultes :

« BANDE DE CANICHES PUANTS ! MICROBES DE CACA ! EXCRÉMENTS NASAUX VERTS ! MOISISSURES DE BAVE DE GRENOUILLE ! » hurles-tu à pleins poumons.

Les loups avancent toujours.

« ESPÈCES DE CALEÇONS DE JEAN-CHRISTOPHE ! » s'époumone à son tour Marjorie.

Les loups pleurnichent comme des chiots et repartent la queue entre les jambes. Bouche bée, tu les regardes déguerpir. Jean-Christophe, insulté, tape du pied et réclame des excuses à sa sœur.

« Elle vient probablement de nous sauver la vie, essaies-tu de lui expliquer. Tu devrais plutôt la féliciter.

— JAMAIS ! rugit-il. Toutes les occasions sont bonnes pour m'humilier...

— Mais enfin, qu'est-ce qu'ils ont de si terrible, tes caleçons ? lui demandes-tu. Si terrible que ça effraie des loups...

— Euh ! Parce que... essaie-t-il de t'expliquer. Nous y allons à cette tour de forage ? »

Elle se trouve au chapitre 99.

27

Certain d'avoir choisi la bonne plante géante, tu te mets à frapper la tige avec une pierre. **BANG !** GROOOOUA ! **BANG !** GROOOOUA ! Mais d'où proviennent ces plaintes lancinantes qui se font entendre chaque fois que tu frappes la plante ?

Tu lèves la tête et remarques que la plante a ouvert un œil. En plus, elle te regarde d'une façon assez méchante. Tu cherches à reculer, mais la plante t'enroule une de ses racines autour du corps et te saisit. Tu as de la difficulté à respirer. Tes yeux se ferment tout seuls. Tu te dis que ce n'est pas trop grave, car la sève de cette plante peut ressusciter les morts…

Tu ouvres les yeux et tu constates que, maintenant… TU PEUX VOLER ! Es-tu devenu une de ces créatures ailées ? Tu planes vers un ruisseau, question de voir ton reflet dans l'eau. « AH NON ! » fais-tu avec dégoût… TU ES DEVENU UN MARINGOUIN !

Près de toi arrive pour s'abreuver une créature ressemblant à un gros porc aux poils verts. Tu sens une envie irrésistible de lui planter ton dard dans la peau. Tu ne peux pas résister… TU VOLES VERS ELLE !

FIN

28

Tu examines les meubles autour de toi et tu constates qu'ils valent une petite fortune…

Juste comme vous alliez passer dans une autre pièce, un léger craquement brise le silence.

CRAAC !

Allez au chapitre 90.

29

Bon, maintenant, c'est confirmé, quelqu'un habite la tourelle qui était, à première vue, inhabitée...

Sur une table, dans un alambic, un liquide vert fluorescent passe d'un contenant à un autre par une série de tuyaux de verre et va finalement se déverser dans un baril sur lequel est écrit : « Zombi Mix »...

Tu t'approches pour sentir.

« L'odeur très prononcée de cette mixture pourrait réveiller les morts ! t'exclames-tu.

— Peut-être que c'est exactement à quoi elle sert, dit Marjorie. REDONNER LA VIE AUX MORTS ! »

Vous avez sans doute mis le doigt dessus. Vous empruntez un long escalier qui descend très bas. Des étages de cercueils vides se succèdent. Il ne faut pas être un grand devin pour comprendre que, dans cet endroit... ON RESSUSCITE VRAIMENT LES MORTS !

« ZOMBIVILLE ! crache Marjorie pour vous faire comprendre. C'est une fabrique de zombis...

— Oui, mais qui est le fou responsable de tout cela ? » te demandes-tu...

Dehors, une voiture arrive...

Vous passez tous les trois la tête par la fenêtre, au chapitre 31.

30

CECI !

Allez au chapitre 87.

31

C'EST LA LIMO DU MAIRE !

Escorté par son chauffeur, il pénètre dans la tourelle par un passage secret dont vous ignoriez l'existence. Cachés derrière de grands rideaux de velours, vous attendez qu'ils arrivent. De l'escalier, leurs pas se font plus audibles...

Ces vieux rideaux en lambeaux sont pleins de poussière et te font presque éternuer. Tu te pinces le nez pour éviter une catastrophe. Le maire entre dans la grande salle. Tu écartes légèrement les rideaux.
Il revêt une toge de sorcier et il se met à travailler sur ses répugnantes mixtures. Difficile à croire que le maire est responsable de tous les malheurs de Sombreville...

Tu gonfles les muscles et tu écartes violemment les rideaux.

« VOUS ÊTES UN IGNOBLE PERSONNAGE ! hurles-tu au maire, en colère. NOUS ALLONS VOUS DÉNONCER À LA POLICE. »

Lentement, le maire se retourne et, avec la main droite, il enlève le masque qui recouvre son horrible visage squelettique... DE ZOMBI !

Allez au chapitre 45.

32

La tour est soutenue par quatre montants. Vous attendez que le zombi grimpe à l'un d'eux pour en utiliser un autre pour descendre. Les pieds sur la terre ferme, vous courez aussi vite que vous le pouvez vers une baraque délabrée en espérant trouver un téléphone. À l'intérieur, Marjorie décroche le combiné et constate que la ligne a été coupée.

Tu t'évanouis. Jean-Christophe trouve un peu d'eau et t'en asperge le visage. Tu ouvres les yeux et tu secoues la tête. Jean-Christophe te sourit. Tu lui fais un beau grand sourire, malgré la douleur qui te tenaille. DEUX LONGUES CANINES VIENNENT DE POUSSER DANS TA BOUCHE !

Saisie de panique, Marjorie fouille l'endroit à la recherche d'un antidote quelconque, N'IMPORTE QUOI ! Elle disparaît dans la pièce voisine et revient quelques secondes plus tard.

« Il y a tout plein de fioles, de pots et de bouteilles sur une étagère de l'autre côté », vous signale-t-elle.

Tes deux amis te traînent jusque dans l'autre pièce, au chapitre 92, car tu es devenu trop faible pour marcher...

Dans un champ voisin, des zombis ont construit une grande catapulte avec des troncs d'arbres pour se projeter sur le rempart. UN AUTRE VIENT D'AT-TERRIR PRÈS DE L'ESCALIER !

« IL FAUT FAIRE QUELQUE CHOSE, SI-NON NOUS SERONS COMPLÈTEMENT ENVA-HIS ! hurle Marjorie en se lançant à l'assaut de l'in-trus. TIENS ! En bas lui aussi… »

Pelles en main, vous ouvrez les grandes portes de la ville et, hurlant comme des Sioux, vous vous élancez vers les zombis.

La bataille est non pas gracieuse, mais combien glorieuse ! Rapidement, tous les zombis sont anéan-tis. Marjorie entreprend de démanteler cette machine de guerre en commençant par couper une corde au hasard. **CHHHLAC! TONG!** La catapulte était char-gée, et un zombi s'envole en direction de Sombre-ville.

NOOOOOOON !

Vous courez vers la porte, mais le zombi a pré-vu le coup et l'a fermée. Vous êtes à l'extérieur, et le zombi est à l'intérieur du rempart… C'EST LA CA-TASTROPHE !

Courez vers le chapitre 93.

Doucement, tu tournes le mécanisme, à l'écoute du moindre bruit suspect qui pourrait malheureusement cacher un piège. Rien, sauf le **CLOC !** de la porte qui s'ouvre...

Tu la pousses et tu entres. Quelqu'un est assis à la table et vous tourne le dos. Il n'y avait personne tantôt, tu pourrais le jurer.

Il est trop tard pour revenir en arrière. Tu t'approches donc de cette silhouette complètement immobile et tu poses la main sur son épaule.

« Pardon monsieur, fais-tu d'une petite voix. Excusez-nous de nous être introduits chez vous... »

Pas de réponse. Sous ta main toujours posée sur l'épaule de l'homme, tu sens pourtant quelque chose qui bouge. Tu te penches vers lui et tu sursautes à la vue de ce squelette rongé par les insectes. Le mécanisme referme la porte, **BLAM !** Plus moyen de sortir. Enfermés tous les trois dans cette cabane de malheur, vous reculez contre le mur lorsque des milliers d'insectes avancent vers vous.

Tu les sens grimper sur tes jambes...

FIN

35

Sans vraiment réfléchir, tu attrapes la première fiole qui te tombe sous la main. Jean-Christophe t'aide à l'ouvrir. Tu bois le liquide en espérant que le contenu calmera ta douleur.

Après seulement cinq secondes, la douleur s'en va complètement. Ta témérité a payé cette fois-ci...

Tu te relèves, parfaitement rétabli. Tes deux amis reculent timidement. Qu'est-ce qui se passe ? Tu t'approches d'un miroir et tu remarques que tu n'as rien d'anormal. Marjorie te fait signe de regarder dans ton dos. Tu te tournes légèrement vers le miroir afin de mieux voir. Tu constates, bouche bée, que, dans ton dos... DEUX AILES RAIDES VIENNENT DE POUSSER !

« JE ME SENS TRÈS BIEN ! essaies-tu d'expliquer à tes amis. Je suis comme avant, je vous le jure ! À part ces deux horribles ailes de gargouille, je n'ai pas changé d'un poil ! Qu'est-ce que je vais faire ? AIDEZ-MOI ! » te mets-tu à pleurnicher...

Rends-toi au chapitre 71.

36

La catapulte est prête à te projeter sur le rempart. Il ne reste plus maintenant à tes amis… QU'À BIEN VISER !

Maintenant, suis bien les indications. Tu n'as droit qu'à une seule tentative… Ouvre grand ton livre devant toi et ferme les yeux. Tu dois poser l'index sur le rempart dessiné sur la page… DU PREMIER COUP !

Si tu réussis, va au chapitre 62.
Si par malheur ton doigt a atterri ailleurs sur la page, tu dois aller au chapitre 66.

37

ÇA VA MAL ! Les planches de la barque tombent l'une après l'autre. Juste comme vous accostez, le fond de la barque cède.

CRAAAC !

Les berges de la rivière souterraine sont trouées de tunnels. Vous en empruntez un au hasard qui vous conduit directement à la surface. Vous avez de la chance ! Ça vous fait beaucoup de bien de voir la lune entre les arbres. Tu grimpes et tu constates que vous n'êtes pas perdus, car tu peux apercevoir la muraille du cimetière au loin.

Sur le mur de la muraille, tu remarques qu'un message pas très clair a été gravé :

vOuSéT iEzSu RLabO nNeVOie...

Si tu es capable de comprendre ce message, tant mieux. Retourne maintenant au chapitre 4 afin de choisir un chemin...

Tu t'agrippes du mieux que tu peux à la tête du centaure lorsque, d'un simple coup d'épaule, **BRAAAOMM !** il abat le mur de pierres. Une grande brèche vient d'être ouverte dans le rempart.

Facilement, il pénètre dans la ville et se met à tout saccager. Il attrape une voiture, l'écrase de ses doigts puissants et la lance au loin comme s'il s'agissait d'un vulgaire jouet.

BRAAAAM ! CRACH !

Le sol craque sous chacun de ses lourds sabots. Du ventre du centaure, une trappe s'ouvre, et des zombis jaillissent comme des fourmis. Ils enfoncent la porte des maisons et en pourchassent les habitants. Ça hurle de partout !

Une procession de voitures de police foncent vers le centaure, qui lui, les extermine l'une après l'autre à coups de sabots. Le carnage continue jusqu'à ce que les policiers fuient en courant. La fatigue commence à avoir le dessus; tu glisses lentement jusqu'à la bouche du centaure, qui ne fera qu'une bouchée de toi...

FIN

39

Une des créatures se lève en fouettant l'air de ses ailes. Vous vous catapultez vers l'escalier avec l'énergie du désespoir. La créature se jette sur toi, griffes tendues, et réussit à t'attraper. Tu tentes de te dégager. Dotée d'une grande force, elle te soulève et t'emporte. Tu voyages d'une caverne à l'autre à grande vitesse. Il est clair qu'elle ne veut pas te partager avec les autres.

Ses griffes te font très mal. Elle t'emporte jusqu'à une très grande grotte qui s'étend à perte de vue. Il y a de la végétation et des rivières. C'est un monde oublié, enseveli depuis des milliards d'années.

Dans un geste de désespoir, tu mords un de ses mollets, et la créature lâche sa prise en hurlant.

GRAOUU !

Tu tombes une centaine de mètres plus bas dans un marécage verdâtre à la végétation luxuriante. Tu réussis à te faire un bon camouflage. La créature survole l'étang pendant de longues minutes avant d'abandonner. Lorsque tu t'apprêtes à pousser un soupir de soulagement, tu aperçois, tout près de toi, une silhouette, comme toi, coiffée d'algues et de plantes. Quelqu'un d'autre a décidé de se cacher ici ? NON ! C'est un monstre du marécage…

FIN

40

Tu prononces à haute voix l'incantation.

Juste devant vous, le sol se met à bouger. Un doigt squelettique apparaît, puis une main. Un visage blême émerge ensuite...

Avant que ce corps de mort ne se déterre complètement et t'entraîne dans les ténèbres de la terre... **TU DÉCAMPES...**

... AU CHAPITRE 42 !

41

La douleur qui t'afflige te pousse à prendre la première bouteille sans même lire l'étiquette. Tu l'ouvres et tu bois une bonne gorgée.

GLOUB !

Lentement, le mal se dissipe, mais tu es toujours très pâle. Tu ouvres les yeux et tu sursautes lorsque tu aperçois deux squelettes devant toi…

AAAAAAAHHHH !

« MAIS QU'EST-CE QUI SE PASSE ? fait l'un d'eux avec la voix de Marjorie.

— AAAAAH ! » hurles-tu en constatant que les deux squelettes sont en fait… TES AMIS !

Sont-ils morts ? Non ! Tu possèdes maintenant des yeux rayons X et tu peux voir à travers une foule de choses, même à travers la chair humaine. Tu vas vivre toute ta vie entouré de… MORBIDES SQUELETTES !

FIN

42

De retour chez toi, tu es très déçu de ne pas avoir pu éclaircir le mystère de cette statue de centaure, mais tu t'es tout de même très bien débrouillé en ce qui concerne cet être qui voulait t'entraîner dans les profondeurs. Ça aurait pu très mal se terminer pour toi...

Tu te couches sous les couvertures en essayant de ne plus penser à tout cela, mais c'est plus fort que toi. Tu essaies de te convaincre que le maire a peut-être raison et que cette statue est vraiment un cadeau... MAIS ÇA NE MARCHE PAS !

La nuit passe sans que tu puisses fermer l'œil. Aux petites heures du matin, tu entends gratter sous ton lit. Tu te penches et aperçois avec horreur... Un doigt squelettique, puis une main. Ensuite, un visage blême émerge...

NON !

Tu sautes du lit et tu sors dans la cour. La tête entre les mains, tu cherches à comprendre ce qui se passe lorsque, juste devant toi... Le doigt squelettique apparaît, puis la main. Ensuite, le visage blême...

NON ! NON !

Tu cours dans la rue jusqu'à la demeure de tes amis Marjorie et Jean-Christophe, au chapitre 79.

Lorsque tu tournes le cadran en direction du chiffre 77, un mécanisme de sécurité perfectionné bloque tout et rend impossible une seconde tentative. ZUT !

Ce n'est pas le moment de t'apitoyer sur ton sort, car quelqu'un vient. Cachés derrière une table de travail, vous attendez que quelqu'un dise quelque chose, mais il n'en est rien. Il y a pourtant quelqu'un. Discrètement, tu lèves la tête. Le hangar est vide. Tu te lèves et tu aperçois le dos poilu d'un animal. Le visage blême de peur, tu te laisses choir sur le sol. Marjorie et Jean-Christophe viennent de remarquer la couleur de ton visage et ils ont compris qu'il se passe quelque chose...

Vous rampez en direction de la sortie en vous assurant que la voie est libre. À mi-chemin, une lourde patte velue t'aplatit sur le plancher. C'est l'animal abandonné par son maître, ça c'est certain. De quelle sorte d'animal s'agit-il ? Impossible de te retourner pour le savoir. La seule chose que tu sais, c'est de quelle façon ça va se terminer votre aventure...

FIN

44

Vous escaladez l'échelle qui mène au toit de l'immeuble. Comment descendre maintenant ? L'É-CHELLE DE SECOURS !

Tu te penches dans le vide sur le côté de l'immeuble. Malheureusement, l'échelle est déjà utilisée… PAR UN ZOMBI QUI MONTE !

Un fossé de deux mètres vous sépare de l'autre immeuble. Vous reculez et sautez, BLAM ! sur le toit voisin. Vous empruntez la cage d'escalier jusqu'au rez-de-chaussée. Des chaînes et un gros cadenas tiennent les deux portes solidement fermées. Vous fracassez la vitre avec un gros cendrier, **CRAAAC ! CRRRIIING !** et vous sortez.

Devant vous s'étend une rue parsemée de carcasses de voitures. Attention où vous mettez les pieds ! Il y a plein de rebus de toutes sortes par terre. Dans un restaurant ouvert 24 heures, il n'y a pas l'ombre d'une serveuse ni d'un cuisinier. Le commerce est complètement désert…

Derrière le comptoir, tu entends des gargouillements. Tu te faufiles entre les tables et tu te penches par-dessus le comptoir…

Va au chapitre 25.

45

« Pauvres idiots ! grogne-t-il. Dans quelques heures, Sombreville tombera sous le joug de mon armée des ténèbres. Vous allez assister, impuissants, à ma plus grande conquête. Sombreville deviendra... ZOMBIVILLE ! HA ! HA ! HA ! rit-il à gorge déployée...

— PAS QUESTION ! » hurle Marjorie en filant tout droit vers la grande marmite.

Le chauffeur du maire se place devant, mais Marjorie plonge et glisse entre ses jambes. Elle réussit à renverser la marmite sur le plancher.

SWOOOUUUUCH !

« JEUNES INCONSCIENTS ! crie le maire en disparaissant par une trappe sous le tapis. Sans vous en rendre compte... VOUS AVEZ AIDÉ MA CAUSE ! »

La mixture malodorante se répand sur le plancher et semble courir vers vous. Vous reculez tous les trois. Dos au mur, vous faites une feinte vers la droite. La flaque de liquide va vers la droite et revient devant vous. Peu importe ce que c'est... C'EST VIVANT !

Tourne les pages de ton livre jusqu'au chapitre 100.

46

« Moi, j'opte pour le cimetière, propose Jean-Christophe en le pointant du doigt. Zombi et cimetière, l'un ne va pas sans l'autre.

— Bon, d'accord ! acquiesces-tu. Mais la prochaine fois, c'est moi qui choisis… »

Vous faites l'inventaire de votre sac à dos, qui contient votre équipement de chasseurs de monstres : lampe, chandelles, boussole, pansements, ail, crucifix, tablettes de chocolat…

« TABLETTES DE CHOCOLAT ! t'exclames-tu en apercevant les quatre tablettes attachées par une bande élastique. Dis, Marjorie, elles nous seront utiles en quoi, ces tablettes de chocolat ? À amadouer un ogre affamé ?

— EXACTEMENT ! te répond-elle. Et cet ogre, c'est mon frère Jean-Christophe ! Tu sais, lorsqu'il a un petit creux, il se transforme en monstre…

— PFOU ! fait Jean-Christophe. Ce n'est pas de ma faute si j'ai un bon appétit. Maman dit que c'est tout à fait normal de…

— Bla bla bla ! l'interrompt sa sœur. Nous l'avons entendu plus de mille fois celle-là… »

Allez au chapitre 17.

Lentement, tu passes la tête dans la pierre. De l'autre côté, il n'y a rien, il fait juste très noir. Tu fais pénétrer le reste de ton corps jusqu'à ce que tu parviennes à atteindre le lugubre cimetière. Bon, la voie est libre. Tu fais signe à tes amis, qui te rejoignent aussitôt.

Autour de vous, sur les pierres tombales, vous remarquez vite qu'il n'y a aucun nom ni même une épitaphe. Devant chacune des pierres, il y a cependant un grand trou prêt à accueillir un nouveau locataire.

De la petite fenêtre d'une cabane en bois vermoulu provient de la lumière. Qui peut bien habiter un endroit pareil ? C'est étonnant ! Le fossoyeur, peut-être ?

Vous vous approchez, et, le nez collé à la vitre, tu découvres qu'il n'y a personne. Tu jettes un œil autour de toi. Il semble n'y avoir personne d'autre que vous dans les parages.

La porte est tenue verrouillée par un bien curieux mécanisme, au chapitre 8.

48

Tu examines attentivement la serrure et tu redescends sur la terre ferme à la recherche de la clé…

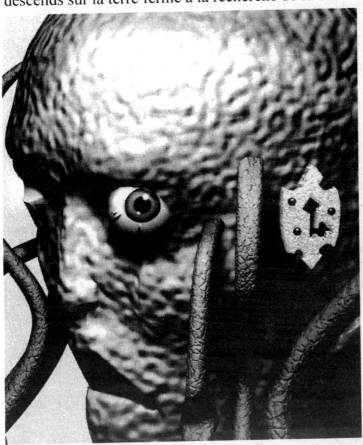

… au chapitre 64.

49

Sur le boulevard Pasdebonsang, il écrase toutes les voitures stationnées et brise les poteaux des lignes téléphoniques. La trappe sous son ventre s'ouvre, et les zombis sortent. Vous courez vous abriter dans un haut édifice. Plusieurs zombis s'amènent.

Au cinquième étage, tu veux jeter un coup d'œil par la fenêtre, mais tu t'arrêtes lorsque tu aperçois le terrifiant visage du centaure. Tu cours dans l'escalier avec une meute de zombis à tes trousses. Dans la cage d'escalier, la main du centaure surgit. Vous changez de direction. Vous vous retrouvez sur un étage où il y a tout plein de zombis. NON ! Il ne s'agit que des mannequins d'une fabrique de vêtements. Dans l'escalier, les vrais zombis arrivent.

Entassés entre les mannequins, vous demeurez immobiles et adoptez leur posture. Les zombis marchent devant vous sans même vous remarquer. Vous attendez qu'ils quittent l'étage pour redescendre par l'escalier et sortir. Dehors, il vous est très facile de suivre le trajet du centaure, car il détruit tout sur son passage. La nuit est très longue avant que le jour ne se lève enfin. De la fumée, il y en a partout. Tout a été détruit sauf un édifice… TON ÉCOLE ! Zut…

FIN

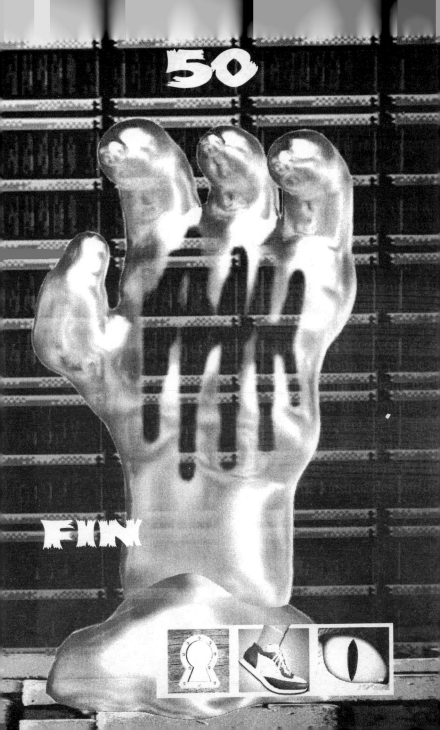

50

FIN

51

LES GRANDES PORTES ! Ce n'est pas très sûr, mais c'est la seule façon de sortir de la ville. Jean-Christophe et Marjorie actionnent le mécanisme d'ouverture pendant que toi, armé de ton bazoum-K, tu pries pour qu'aucun zombi ne pointe son horrible visage de l'autre côté des portes.

Le grincement du bois du mécanisme centenaire trahit son âge.

CRIIIIIIIIIIIIII !

Les deux portes s'ouvrent d'à peine cinq centimètres et s'arrêtent.

« MAIS QU'EST-CE QUI SE PASSE ? HURLES-TU À TES AMIS.

— ON DIRAIT QUE C'EST COINCÉ ! crie Marjorie. OH ! Maintenant ça va mieux, ça tourne ici, je ne comprends pas pourquoi…

— Dis, demande Jean-Christophe, les portes, sont-elles en train de s'ouvrir ? »

Tu te retournes vers les deux portes, au chapitre 24, et découvres avec horreur…

52

ZAAAAMMM ! En plein sur sa sale tête…

Le zombi décapité tombe derrière Marjorie, qui a été éclaboussée de sang vert.

« POUAH ! fait-elle, répugnée. MERCI, MERCI BEAUCOUP ! Mes vêtements sont ruinés…

— C'est tout ce que je reçois comme remerciement pour t'avoir sauvé la vie ? t'indignes-tu en rangeant ton bazoum-K. C'est la dernière fois que je fais cela pour toi. La prochaine fois que ça arrivera, je vais laisser le zombi te bouffer le cerveau. Après, tu viendras te plaindre que tes notes à l'école ont baissé parce qu'il te manque un morceau dans la tête. Et si jamais un vampire veut sucer ton sang, lui aussi, je vais le laisser faire. Tu deviendras toute blanche, et lorsque tu essaieras de me mordre, je vais t'envoyer téter une gousse d'ail. Et si un loup-garou t'attaque, là non plus je ne bougerai pas d'un centimètre. Les soirs de pleine lune, je vais cacher tous les rasoirs, et tu seras la plus poilue des filles de Sombreville. Et si…

— EUH ! t'interrompt Marjorie. Je voulais seulement te dire que je blaguais… »

Tu regardes sans trop comprendre Jean-Christophe, qui se bidonne…

Retournez au chapitre 4 afin de choisir une autre voie.

53

Vous vous approchez de l'endroit exact où le soi-disant fantôme est passé. Marjorie, comme une experte, touche chacune des pierres.

« Bon ! fait-elle en réfléchissant. Il y a un passage caché où il faut tout simplement être mort pour entrer dans le cimetière, ce qui est normal, il faut dire…

— Je préfère l'hypothèse d'un passage secret », avoue Jean-Christophe.

Lorsque tu t'apprêtes à toucher toi aussi le mur, ta main traverse la pierre comme si elle n'était pas là… Étonné, tu la retires immédiatement. Tes amis s'approchent. Jean-Christophe passe à son tour la main à travers la pierre et la retire.

« VOILÀ LE PASSAGE SECRET ! s'exclame-t-il.

— Qui passe la tête en premier pour voir si la voie est libre de l'autre côté ? demande Marjorie.

— J'y vais ! proposes-tu. Je n'ai pas peur. »

Passe la tête au chapitre 47.

La porte du musée est protégée par une incantation qu'il te faut découvrir…

Ces signes étranges t'indiquent-ils d'aller au chapitre 40 ou au chapitre 101 ? Essaie de les comprendre…

55

ZAAAAAAAAM !

Tu as pulvérisé trois zombis d'un seul tir, mais les autres s'amènent en grognant.

GROOOUAAA !

Tu voudrais bien te servir de ton arme encore, mais le problème, c'est que tu ne peux tirer qu'une seule salve toutes les quinze minutes. Bien que l'arme soit très efficace, le temps de recharge est malheureusement très long…

Vous courez à toutes jambes dans les bois. Heureusement pour vous, les zombis sont très lents, et vous les semez assez vite. Un sentier sinueux vous conduit à une colline éloignée d'où vous pouvez très bien observer la ville. Les grandes portes de la ville s'ouvrent soudain, et la grosse limousine noire du maire sort. Rapidement, elle se retrouve entourée de zombis…

« Il va se faire décapiter par ces monstres ! » dit Marjorie.

Mais à votre grand étonnement, une portière de la voiture s'ouvre, et deux zombis pénètrent à l'intérieur.

La voiture repart en trombe vers le chapitre 63.

56

Tu atterris sur le seuil de l'entrée du temple avec une agilité que tu ne te connaissais pas. Marjorie et Jean-Christophe t'imitent et obtiennent autant de succès. Vous pénétrez à l'intérieur de ce temple qu'on dirait vieux de plusieurs millénaires.

L'endroit est bondé de statues de combattants qui, curieusement, se cachent les yeux. C'est comme si ces personnes avaient été transformées en statues de pierre par vous ne savez quel mauvais sort.

Sur le grand mur tout au fond, tu reconnais une fresque représentant la tête d'une femme très laide coiffée de serpents. Tu te rappelles soudain cette légende de la gorgone à la tête hérissée de serpents dont le regard pouvait pétrifier ceux qui la regardaient. Vous êtes par malheur tombés dans l'antre même de la méduse… IL FAUT QUITTER CET ENDROIT MAUDIT !

Peu importe ce que tu dois faire pour te rendre au prochain chapitre, tu ne dois absolument pas la regarder dans les yeux, sinon, vous serez TOUS LES TROIS transformés en statues…

Va au chapitre 88.

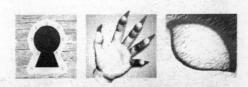

57

ZAAAAAM ! Pulvérisé…

« Quel était ce bruit bizarre ? demande au loin Marjorie.

— Un, un zombi ! bafouilles-tu. Un zombi ! Il est mort maintenant, j'veux dire, pour de bon… »

Tes amis accourent. Des flaques de bave verte attestent l'efficacité de votre bazoum-K. Tu lui a réglé son compte, à ce zombi !

Hors des murs, vous poussez à trois les portes de la ville pour ensuite vous diriger vers la tour de forage abandonnée. Ton arme pointée devant toi, tu avances. Au centre de la forêt se dresse la grande structure rouillée, repaire de centaines de chauves-souris.

Vous contournez un amoncellement de barils de métal. Derrière, trois loups au regard inquiétant vous observent. Ils ont faim, ça c'est certain. Vous reculez lentement parce que vous savez que vous ne devez jamais courir et montrer que vous avez peur.

Vous trouvez refuge sur le conteneur d'une citerne renversée. Tu te croises les doigts en espérant qu'ils ne vous suivront pas. Quelques secondes s'écoulent avant que vous ne les aperceviez qui avancent, doucement, la tête bien droite… VERS VOUS !

Allez au chapitre 26.

58

Vous n'en croyez pas vos oreilles. Le maire est responsable de ce grand malheur. Vous patientez de longues minutes avant qu'il ne quitte enfin le hangar. Tu te lèves, outré par ce que tu viens d'entendre. Près de toi, Marjorie est rouge de colère.

Vous traversez le hangar jusqu'à la sortie, où vous êtes accueillis par deux bêtes énormes… DES DANOIS MUTANTS ! Ce sont ces toutous monstrueux qui étaient enfermés dans la cage.

Nerveusement, tu recules et tu fais tomber Marjorie, qui fait chuter à son tour Jean-Christophe.

BRAOOUUUMM ! BLAM !

Les deux danois mutants pénètrent dans le hangar en se pourléchant les babines. Tu sens que la fin est proche, mais il n'est pas question de te laisser faire. Tu prends une chaise et tu attends vaillamment le premier cabot qui osera approcher son museau dégoûtant. Jean-Christophe et Marjorie, cachés derrière toi, attendent la suite. Intelligents, les deux danois mutants approchent en même temps. L'un par la gauche et l'autre par la droite. Si les deux sautent en même temps, tu ne pourras en frapper qu'un seul. Qu'est-ce qui arrive, d'après toi ?

FIN

La clé tourne parfaitement dans la serrure.

CLOC !

Tu ouvres la porte, et vous vous installez tous les trois derrière les commandes. Tu appuies sur un gros bouton rouge qui semble être le démarreur. **VROOOUMMMM !** Le moteur du centaure mécanique se met en marche.

Un volant pour la direction, des leviers pour avancer et pour reculer, des boutons pour détruire et exterminer… NON ! Ceux-là, tu ferais mieux de ne pas y toucher… Tu pousses le levier « marche avant », et le centaure descend de son socle. Un autre coup de levier, et le centaure avance. Tu tournes un peu le volant, et le centaure fait demi-tour et se dirige dans la direction voulue.

« JE PEUX LE GARDER ? demandes-tu à tes amis, car tu t'amuses vraiment avec ce gros jouet…

— Il faut s'en tenir à notre plan, insiste Jean-Christophe, direction ravin pour une destruction complète de cette machine de guerre diabolique… »

Comme prévu, tu conduis adroitement le centaure mécanique jusqu'au ravin du revenant, au chapitre 95.

60

Examine bien les plantes. Laquelle devriez-vous abattre pour obtenir l'effet domino escompté ?

Rends-toi au chapitre indiqué près de la plante géante que tu auras choisie...

61

Les immeubles abandonnés, contrairement à vos autres options, se trouvent à l'intérieur des remparts. C'est donc un des endroits les moins risqués... PEUT-ÊTRE !

Vous pénétrez à l'intérieur, conscients que des parties de mur ou de plancher peuvent s'écrouler à n'importe quel moment. Les toiles d'araignées tissées dans les seuils de porte attestent que personne n'est passé par ici depuis des années. Tu les écartes. Tu te pinces le nez lorsque tu pénètres dans une grande pièce dans laquelle se trouve un tapis tout pourri.

La pièce est toujours pleine de meubles, et, sur une table, il y a encore des restes. Les gens ont sans doute dû quitter cet endroit rapidement. Pourquoi ? Que s'est-il passé ?

Dans une très haute bibliothèque se trouvent des tas de vieux livres en bon état. Tout cela ferait la joie d'un antiquaire...

Allez au chapitre 28.

62

Tu fermes les yeux lorsque Marjorie coupe la corde.

CHHHLAC ! TONG ! Et tu t'envoles...

Tu virevoltes de longues secondes dans les airs et tu atterris... JUSTE SUR LA TÊTE DU ZOMBI !

« OBJECTIF ATTEINT ET DÉPASSÉ ! » hurles-tu à tes amis du haut du rempart.

Marjorie et Jean-Christophe accourent. Tu leur ouvres les portes, et vous vous faites l'accolade. De retour en haut du rempart, vous regardez au loin et vous remarquez qu'il y a du mouvement... CÔTÉ CIMETIÈRE ! Voilà le bon chemin...

Vous descendez la muraille jusqu'au chapitre 4 afin de choisir une autre voie...

Sur la pointe des pieds, vous suivez les phares qui s'arrêtent devant une grande maison abandonnée. Le maire de Sombreville débarque, suivi de son chauffeur… ET DES DEUX ZOMBIS !

Vous courez vers la maison. Essoufflés, vous arrivez près d'une fenêtre sale, derrière laquelle une chandelle vient d'être allumée. À l'intérieur, les silhouettes bougent nerveusement. Tu écoutes attentivement la conversation, mais tu ne captes que des bribes :

« Mmmmmmm, les Téméraires, mmmmmm. mmmm le plan, mmmm le centaure, mmm… ET TOUT DE SUITE À LA TOUR DE FORAGE ! »

Le maire souffle ensuite la chandelle et sort de la maison. Vous vous cachez dans un buisson.

Tu ne sais pas ce que magouille le maire avec ces monstres, mais tu as l'impression qu'à la tour de forage… TU POURRAIS OBTENIR DES RÉPONSES !

Les portières claquent **BLAAM !** **BLAAM !** et la voiture repart…

Retournez au chapitre 4 afin de choisir une autre voie.

64

Vous cherchez partout et finissez par trouver derrière une porte, sur le socle de la statue...
CES DEUX CLÉS !

Rends-toi au chapitre inscrit près de la clé qui, selon toi, ouvrira la cabine de pilotage du centaure mécanique...

Soudain, un lointain grincement résonne dans la forêt **CRRRRRRRRRRR !** et brise le silence. La cime de plusieurs arbres se met à bouger comme si un immense tyrannosaure s'amenait vers la ville.

« Sonne l'alerte ! te conseille Marjorie.

— Mais on ne voit pas de quoi il s'agit ! lui réponds-tu, tout en marchant sur la pointe des pieds.

— SONNE L'ALERTE ! insiste ton ami Jean-Christophe. MAINTENANT ! »

Tu appuies sur le bouton de ton talkie-walkie et tu gueules : « ATTAQUE IMMINENTE, PORTE PRINCIPALE ! »

Bien préparés, les policiers arrivent en trombe, suivis du maire. Tous les yeux sont braqués en direction des arbres qui bougent. Tu t'installes avec tes amis près de l'escalier qui te permettra de fuir si jamais il s'agissait d'un dinosaure zombi ressuscité ou quelque chose du genre.

Le grincement devient assourdissant. De la forêt surgissent des dizaines de zombis affairés à tirer une grosse corde au bout de laquelle se trouve…

Le chapitre 30.

CHHHLAC ! TONG ! Et tu t'envoles...

Tu virevoltes de longues secondes dans les airs et tu atterris, tête première, dans l'étang infect des crapauds géants.

Étourdi, tu essaies de sortir de l'eau, mais trois langues gluantes se collent à toi. Tu cours dans l'étang, entraînant avec toi les trois lourds crapauds. POUAH !

Tu saisis une langue, mais ta main reste collée dessus. Tout sale et fatigué, tu t'assois dans l'eau. Tes amis arrivent avec les ambulanciers, qui ont vite fait de te sortir de là.

Étendu sur ton lit d'hôpital, tu reçois une pluie d'excuses de tes amis. Mais ça ne sera jamais suffisant pour leur pardonner d'être tous deux responsables des pustules et des verrues qui te pousseront sur tout le corps... LE RESTE DE TA VIE !

FIN

67

Le dos appuyé au mur, vous évaluez la distance entre vous et un escalier. Bon, ce n'est pas très loin, à peine quelques mètres, mais il y a cependant plusieurs colonnes, et de l'une d'elles pourrait surgir à tout moment la méduse. Immobiles, vous écoutez attentivement, à l'affût du moindre bruit qui pourrait vous donner une indication sur sa position dans la salle.

Un frottement survient à droite, **FRRRRR !** À gauche, c'est l'escalier, alors… VOUS FONCEZ ! Le frottement devient plus audible. Tu cours sans te retourner parce que tu sais ce qui pourrait t'arriver. Tu serais transformé en statue de parc sur laquelle tous les pigeons viendraient se percher et faire, POUAH ! leurs besoins…

Trois marches à la fois, vous dévalez l'escalier. À la sortie du temple, vous êtes arrêtés par une rivière bouillonnante. Une barque une peu délabrée est attachée à un gros anneau de fer. Vous montez à bord et vous larguez les amarres…

Sans rames, vous n'avez d'autre choix que de vous laisser transporter par le léger courant qui vous amène jusqu'au chapitre 37.

« Je crois qu'il faudrait rapporter quelques spécimens de cet endroit et les vendre à un zoo, pense Jean-Christophe. Nous pourrions devenir riches…

— T'as les fils qui se touchent ! lui répond sa sœur. T'as pas compris qu'ici, nous nous retrouvons au bas de la chaîne alimentaire. Tout le monde voudrait bien nous bouffer. Le seul spécimen VIVANT que je veux rapporter… C'EST MOI !

— Marjorie a raison, poursuis-tu. De toute évidence, cet endroit est très dangereux. J'aperçois un sentier là-bas, entre les deux grands palmiers oranges. Allons-y… »

Tu marches devant tes deux amis en prenant bien soin de ne rien toucher, de peur d'être empoisonné. Les cris de certains animaux te glacent le sang. On dirait des mots prononcés de façon inversée…

Sur un petit monticule, au loin, trois créatures volantes se disputent une proie. Vous vous cachez pour les observer. Un battement d'ailes attire votre attention. Les trois créatures déguerpissent et abandonnent leur proie à moitié dévorée. Au-dessus de votre tête, une ombre passe. L'ombre atterrit près de la carcasse et se met à hurler…

GRAAAAOOOUUUUU !

Allez au chapitre 70.

69

La bouteille que tu as choisie ne semble rien contenir, mais le dessin sur l'étiquette a éveillé ta curiosité. Tu dévisses le bouchon sans trop savoir pourquoi, comme si une force mystérieuse te poussait à le faire...

Aussitôt le bouchon de l'étrange bouteille enlevé, tu te sens aspiré vers l'intérieur. Au début, tu trouves drôle cette bouteille qui te colle à la tête. Mais lorsque tu te sens, lentement, mais sûrement, en train de t'y introduire... TU HURLES !

« AIDEZ-MOI ! »

Le nez aplati sur le verre, c'est maintenant tout ton visage qui a été aspiré à l'intérieur. Tu essaies de résister, mais cette force t'attire à l'intérieur implacablement. Tes épaules glissent et entraînent tout le reste de ton corps. Jean-Christophe tente en vain de te tirer les pieds. Tu finis tout de même par glisser complètement à l'intérieur de cette bouteille maudite.

Marjorie met la bouteille dans sa poche et te ramène chez elle. Sur sa table de chevet, tu resteras pour toujours... EMBOUTEILLÉ !

FIN

70 *

Sur la tête de la créature se trouvent plusieurs cornes. Voilà sans doute le chef de la meute de monstres.

Va maintenant au chapitre 15.

71

Tes deux amis s'approchent pour te réconforter.

« Ne t'en fais pas ! essaie de te convaincre Marjorie. Je crois que j'ai une solution. Une solution non médicale, j'en conviens, mais une solution, tout de même… »

Vous quittez tous les trois le hangar en direction de Sombreville. Dans son atelier, Marjorie bricole un sac à dos. Elle a ingénieusement fait des trous dans le sac afin d'y insérer et cacher tes ailes.

« Tu devras peut-être toujours porter en public ce sac à dos pour cacher tes ailes de gargouille, t'explique-t-elle. Mais au moins, tu passeras inaperçu.

— BON, dis-tu, découragé. Ce n'est quand même pas la solution idéale, mais au moins ça règle mon problème pour l'instant. Merci, Marjorie…

— Je vais regarder sur Internet, vient de penser Jean-Christophe en s'installant derrière l'ordinateur. Peut-être trouverai-je un site qui parle de ce genre de maladie. »

Vous cherchez des heures sans obtenir de résultat. DOMMAGE ! Tu vas demeurer ainsi… LE RESTE DE TA VIE !

FIN

72

Tu abaisses le levier, et tout de suite une trappe s'ouvre sous vos pieds. Vous tombez lourdement quelques mètres plus bas dans les catacombes, parmi des ossements. Dégoûté, tu te relèves.

Des flambeaux crépitants éclairent de longs couloirs. C'est un vrai labyrinthe ici, alors mieux vaut tout de suite vous déplacer méthodiquement, si vous ne voulez pas tourner en rond éternellement. Tu places alors deux tibias en croix et tu déposes un crâne par-dessus pour marquer l'endroit.

Vous décidez de suivre le passage le moins encombré de cadavres. Il débouche sur une immense salle sans fond. Au centre, juché sur une gigantesque stalagmite, se trouve un petit temple aux colonnes de marbre craquelé. Vous examinez l'endroit et vous ne trouvez aucun pont ni aucune passerelle pour vous y rendre.

La distance entre le passage et l'entrée du temple est de deux mètres. Vous vous élancez dans le passage pour ensuite sauter par-dessus le gouffre qui vous sépare du temple ? C'est peut-être possible…

Allez au chapitre 5.

73

Aidés d'une grosse corde, vous descendez la paroi de la muraille pour vous rendre près de cette répugnante statue de centaure.

Au pied, vous vous arrêtez et écoutez, question de confirmer votre crainte qu'il y a bel et bien des zombis cachés dans le ventre de ce monstre de bois. Vous écoutez attentivement sans entendre le moindre grognement. Jean-Christophe grimpe sur le socle de la statue qui a été montée sur quatre grandes roues de bois.

Sous le ventre du centaure, il découvre une trappe au milieu de laquelle se trouve un judas qui s'ouvre lentement… UN ZOMBI !

Vite comme l'éclair, Jean-Christophe se jette en bas, et vous vous cachez sous le socle de la statue. Les doigts croisés, tu récites une courte prière. Est-ce que le zombi vous a aperçus ? Pour le savoir…

… tourne les pages du destin.

S'il vous a vus, allez au chapitre 78.
Si vous êtes chanceux et qu'il ne vous a pas aperçus, rendez-vous alors au chapitre 10.

74

L'ascenseur à main s'arrête lorsque tu atteins une grande pièce. Une gigantesque massue pourvue de pics est appuyée sur un mur. Cette arme appartient à un géant. Le bruit d'une respiration lourde se fait soudain entendre. Tu te caches derrière un tonneau qui, curieusement, est muni d'une anse. C'est non pas un tonneau, mais plutôt une grande chope de bière, constates-tu tout à coup…

Dans une grande boîte de bois roupille une grande créature vêtue d'une fourrure. Le géant à un œil dort après avoir bien festoyé, enfin c'est ce que tu espères. Le dos appuyé contre le mur, tu glisses vers la sortie en gardant les yeux sur le géant. Au moment où tu passes à reculons le seuil de la grande porte, quelque chose te renifle la tête. Lentement, tu te retournes pour faire face à un chat gris… GÉANT !

Tu cours à toutes jambes, le chat à tes trousses. Comme une souris voulant sauver sa peau, tu glisses dans une fissure peu profonde du mur de pierre. Le chat miaule, passe la patte dans l'ouverture et réussit à t'attraper.

FIN

75

Tu t'approches de la fenêtre et tu constates qu'elle est solidement clouée. Le bruit ne provenait donc pas d'ici…

Tu te retournes vers Marjorie, qui arbore une grimace épouvantée. Tu baisses la tête, et, devant toi, un meuble te sourit méchamment avec sa grande bouche en bois garnie de longs clous…

Tu lui renvoies son sourire et tu glisses lentement les pieds vers la droite. Un fauteuil se tourne vers toi et te bloque la route. Bravant le danger, tu escamotes vivement le meuble et tu sautes par-dessus lui. Ce n'est pas bien de marcher sur les meubles, mais habituellement… LES MEUBLES NE BOUFFENT PAS LES GENS !

Derrière vous, c'est tout le mobilier qui vous pourchasse dans un concert de craquements et de grincements.

CRIIIII ! BRAMMMM ! CRUUC ! SCHRIIIIII !

Vous dévalez les marches. La rampe de l'escalier s'enroule autour de vous et vous serre tel un boa.

Sur le mur, des tableaux vampires… MONTRENT LEURS DENTS !

FIN

76

Les trois tableaux t'entourent... Tu luttes désespérément pour sauver ta peau, car tu sais qu'une simple égratignure aura des répercussions très graves.

Tu cherches dans ton sac à dos une croix de bois que tu brandis devant toi. À ton grand étonnement, les tableaux s'enfuient dans la noirceur. La croix de bois te brûle soudain la main. Tu la laisses tomber par terre. QU'EST-CE QUE ÇA VEUT DIRE ?

OH NON ! Deux longues canines viennent de pousser dans ta bouche. Dans ta tête, tout est changé, et tu n'as qu'une seule amie... TA SOIF !

Tu te lances à la poursuite de ces deux personnes appétissantes à côté de toi : Marjorie et Jean-Christophe. Par expérience, ces deux personnages que tu ne reconnais plus t'entraînent dans une longue poursuite dans la forêt, jusqu'au lever du soleil...

OUILLE ! Que ça brûle...

PSHHHHHHHHHHH !

FIN

77

Après une heure et cinquante quelques minutes de travail acharné, il ne reste que quelques fibres à la plante pour qu'elle tombe. Tout en sueur, tu reprends ton souffle et regardes le travail accompli jusqu'ici.

Au moment où tu t'apprêtes à donner le coup de grâce, les doigts crochus d'une main puissante retiennent ton geste. En tremblant, tu te retournes vers la créature écumante, prête à t'écrabouiller. Pendant que tes amis reculent, tu tentes en vain de te dégager, mais il n'y a rien à faire. Tu regardes Marjorie qui, d'un air affolé, te montre ses dents. Tu comprends son message et tu mords aussitôt la main de la créature, qui hurle de rage.

GRAOUUUU !

Libéré, tu t'enfonces entre les plantes géantes. La créature se lance à ta poursuite en rugissant. Dans l'esprit de Jean-Christophe germe tout à coup une idée. Il s'élance et, de toutes ses forces, parvient à atteindre avec sa grosse pierre affûtée les dernières fibres de la plante, qui s'écroule avec fracas BRAOUM ! sur une deuxième plante géante qui tombe elle aussi comme prévu **BRAOUM !** sur une troisième…

… au chapitre 103.

La trappe s'ouvre avec fracas.

BRAAAAM ! Il vous a aperçus…

Vous courez vers les portes de la ville et vous vous mettez à hurler pour que quelqu'un vous ouvre. Rien à faire, tout le monde est couché à cette heure-ci. Plusieurs zombis s'amènent dans votre direction...

De ton sac à dos, tu dégaines ton bazoum-K et tu tires. Vas-tu réussir à les atteindre avec ton arme ? Pour le savoir…

… tourne les pages du destin… ET VISE BIEN !

Si tu réussis à les atteindre, bravo ! Rends-toi au chapitre 55.

Si par contre tu les as complètement ratés, va alors au chapitre 94.

79

Paniqué, tu sonnes plusieurs fois à la porte avant que Marjorie ne vienne t'ouvrir.

« Qu'est-ce qui se passe ? cherche-t-elle à comprendre, la main dans les cheveux. Tu as vu l'heure qu'il est ? »

Incapable de parler, tu ne peux que pointer le sol derrière toi, où apparaît un doigt squelettique, ensuite une main, puis un visage blême. Vous hurlez...

AAAAAAAHHHHHHH !

« ÇA ME SUIT PARTOUT OÙ JE VAIS ! » cries-tu, hystérique.

Vous courez tous les deux jusqu'à l'arrêt d'autobus. Tu surveilles nerveusement tout autour de toi. L'autobus arrive juste comme, à tes pieds, apparaît le doigt squelettique, ensuite la main, puis le visage blême. Vous roulez des kilomètres avant de débarquer dans le centre de la ville. À peine as-tu posé les fesses sur le banc d'un parc que, devant toi, le doigt squelettique surgit, ensuite la main, puis le visage blême...

Tu comprends maintenant que tu devras fuir toute ta vie et que, peu importe où tu iras, apparaîtra toujours, devant toi... UN DOIGT SQUELETTIQUE, ENSUITE UNE MAIN, PUIS UN VISAGE BLÊME...

FIN

81

Certains que vous avez semé le zombi, vous sortez tous les trois des toilettes publiques en vous tapant dans les mains.

CLAP ! CLAP ! CLAP !

À peine avez-vous fait quelques pas vers la sortie que le zombi attrape Marjorie. Avec Jean-Christophe, tu recules. Marjorie gigote comme un poisson hors de l'eau pour se dégager des bras répugnants du zombi. Le zombi ouvre sa bouche pleine de bave au-dessus de la tête de Marjorie. C'est très risqué, mais tu n'as plus le choix.

Tu dégaines ton bazoum-K. Vas-tu réussir à atteindre le zombi ?

Pour le savoir…

… tourne les pages du destin.

Si tu réussis à l'atteindre, PARFAIT ! Rends-toi au chapitre 52.

Si par contre tu l'as raté, va au chapitre 84.

82

OUI ! Tu as parfaitement raison… IL EST TOUJOURS LÀ !

À l'intérieur, vous vous glissez par la fenêtre. À quatre pattes dans l'herbe, vous courez comme des chiens jusqu'à la sortie. Maintenant, vous l'avez définitivement semé, ce zombi…

De retour sur le rempart, vous observez les alentours, question de voir si la situation a changé. Un tour d'horizon rapide, et tu remarques qu'une longue échelle repose sur le mur du rempart. Tu t'en approches et tu vois trois zombis en train de la gravir. Aidé de Jean-Christophe, tu pousses l'échelle, qui tombe, emportant avec elle les trois monstres. Tu te frottes les mains en signe d'un travail bien fait.

Atterrit soudain devant toi, comme s'il venait de tomber du ciel… UN AUTRE ZOMBI ! Vous le poussez en bas du rempart avec des pelles. Vous vous regardez tous les trois lorsqu'un autre zombi tombe lui aussi du ciel, à côté de Marjorie. Même traitement que le zombi précédent, **ZIOUUUUU !** en bas du rempart.

Vous cherchez à comprendre d'où vient cette pluie de zombis au chapitre 33.

ZAAAAAM ! RATÉ…

Le zombi écarte lentement les deux portes. Tu siffles, et tes deux amis accourent. Marjorie sursaute en apercevant le monstre. Tu fais un clin d'œil à Jean-Christophe, et vous vous glissez entre les jambes du zombi occupé à ouvrir les portes. Marjorie, derrière, vous imite. Vous vous écartez du monstre qui, déjoué, lâche les deux portes de la ville qui se referment bruyamment.

BLAM !

Les yeux brillants de rage, le zombi avance vers toi. Vous courez en direction de la tour de forage abandonnée. La structure, bien que très rouillée, peut encore supporter votre poids, alors vous l'escaladez. Un épais brouillard couvre sa cime. C'est un camouflage parfait qui vous protège du zombi, mais pas des grandes chauves-souris qui tournent autour de vous. Tu essaies de te protéger du mieux que tu peux, mais l'une d'elles réussit à te mordre. Tu saignes beaucoup. Des gouttelettes de ton sang tombent sur la tête du zombi au pied de la tour. Il sait maintenant que vous vous êtes perchés là-haut…

ÇA SE COMPLIQUE ! Allez au chapitre 32.

84

ZAAAAMM ! Raté...

« HOLÀ ! dit le zombi, à votre grande stupéfaction. C'est très dangereux ce truc, les enfants, rajoute-t-il en enlevant son masque. Je ne suis pas un vrai zombi, je ne suis que Jérôme, le vieux gardien du parc. Je me costume comme ça afin de m'amuser un peu à effrayer les intrus.

— Eh bien, monsieur, j'ai un petit conseil à vous donner, l'informe Jean-Christophe : maintenant, il y a vraiment un ZOMBI dans le parc, croyez-nous. Il nous a suivis, mais nous avons réussi à le semer.

— UN, UN VRAI ZOMBI ! répète-t-il, soudain pris par la tremblote. En chair et en os ?

— Eh bien... en chair décomposée et en os pourris, il faut dire, lui précise Marjorie.

— Je suis beaucoup trop vieux pour ce genre de chose, marmonne-t-il. Je crois que je vais rentrer chez moi... »

Par mesure de précaution, vous l'accompagnez jusque chez lui avant de retourner au chapitre 4 afin de choisir une autre voie.

85

Rapidement, vous dégringolez la tige des plantes jusqu'à la terre ferme. La créature a disparu. Elle a probablement fini de manger. C'est une bonne chose de ne pas la voir dans les parages.

Marjorie évalue le travail à accomplir :

« Il y a 134 plantes à abattre, compte-t-elle. Pour effectuer cette besogne, nous n'avons pour outils que des pierres pointues. Si nous nous mettons à trois sur une plante, ça va nous prendre environ deux heures. Deux heures multipliées par 134 plantes, pour un total de : 268 heures. EH BIEN VOILÀ ! Je vais sortir d'ici et je serai une adulte…

— Pas de panique ! lui intimes-tu. Tu connais l'effet domino ?

— Tu ne vas pas me dire qu'en plus tu veux jouer aux dominos ? s'impatiente-t-elle. Alors là, je vais sortir d'ici lorsque je serai grand-mère…

— Mais non, pauvre idiote, lui dit son frère. Il s'agit d'en abattre une, qui elle tombera sur une deuxième et l'abattra elle aussi ; elle ira en heurter une troisième et ainsi de suite jusqu'à la dernière. Il s'agit seulement de trouver… LA PREMIÈRE BONNE PLANTE À ABATTRE ! »

Allez au chapitre 60.

86

Le petit pot de pilules est le seul contenant qui n'a jamais été ouvert. Peut-être que ce médicament n'est pas périmé, lui, contrairement aux autres…

La posologie se lit comme suit : « Deux pilules aux quatre heures, avant d'aller au lit, mais deux heures après les repas sans bananes, mais avec des frites au ketchup. »

« MAIS QU'EST-CE QUE C'EST QUE CETTE HISTOIRE STUPIDE ? » t'impatientes-tu en ouvrant le petit contenant.

Tu verses deux pilules dans le creux de ta main et tu les avales. **GLOUB ! GLOUB !**

Tu te sens déjà beaucoup mieux. Tu refermes le petit contenant et tu le mets dans ton sac à dos. Voilà un bon remède contre les morsures de chauves-souris. Vous n'en aviez pas…

Vous repartez vers le chapitre 4 afin de choisir une autre voie.

87

Les zombis tirent l'immense monstre de bois jusqu'aux grandes portes de la ville et ensuite… ILS DISPARAISSENT TOUS ! La ville semble ne plus être assiégée…

Bouche bée, personne ne comprend ce qui se passe. Monsieur le maire, le corps à moitié suspendu dans le vide, observe du haut du rempart la grande statue de bois, des roues à la tête.

« C'EST UN CADEAU ! déduit-il en se retournant vers tout le monde. Je ne veux pas faire de jeux de mots idiots, poursuit-il, mais les zombis n'ont pas eu notre cerveau. Nous leur avons donc tenu tête. Comme vous le savez, il est coutume de donner, en signe de respect, un cadeau aux vaillants combattants. Nous le méritons bien. Demain, à l'aube, nous placerons ce trophée au centre de la grande place publique. Elle fait partie de la glorieuse histoire de Sombreville maintenant et…

— Mais voyons, Monsieur le maire, l'interromps-tu. C'EST UN PIÈGE ! Rappelez-vous la légende du cheval de Troie, c'est la même chose qui se passe ici. Le ventre de cette statue doit être rempli de zombis qui…

Va au chapitre 22.

88

Maintenant… IL FAUT DIRE LA VÉRITÉ !

Avant de te rendre ici, au chapitre 88, aurais-tu, par malheur, aperçu sur une page de ce livre, cette image terrifiante de la méduse ?

Si ta réponse est oui, tu dois malheureusement aller au chapitre 11 pour être transformé en statue de pierre.

Si, par une chance incroyable, en tournant les pages de ton livre, tu n'es pas tombé sur l'image de la méduse, BRAVO ! Va alors au chapitre 67.

Autour de vous, les pierres tombales de marbre ont fait place à de grands monuments construits à partir d'ossements gigantesques. C'EST LA DÉMESURE ! Les os utilisés proviennent d'animaux préhistoriques, pas besoin d'être archéologue pour savoir ça. Donc c'est très vieux…

Vous êtes sans doute les premiers à fouler ce sanctuaire, car tous ces ossements auraient été emportés pour être exposés dans un musée, ça c'est certain. Qu'est-ce qui a été enterré ici, dans ce cimetière préhistorique ?

Il n'y a qu'un moyen de le savoir… CREUSER !

Marjorie n'est pas trop certaine qu'il s'agisse là d'une bonne idée. Après tout, elle a peut-être raison, car déranger le sommeil des morts pourrait avoir des répercussions assez graves… Malédiction sur plusieurs générations ou pire : acné incurable…

Vous savez très bien le risque que vous courez, mais y a-t-il une autre façon de le savoir ? NON ! Alors, avec des bouts de branches, vous entreprenez d'enlever la terre juste devant la plus grande stèle mortuaire…

… au chapitre 23.

90

Tu cherches partout autour de toi la provenance du bruit.

Examine bien tous les détails de cette pièce. Si tu crois que le craquement provenait de la fenêtre qui vient de se fermer, va au chapitre 75.

Si tu penses que c'est plutôt le grand meuble qui a bougé, va alors au chapitre 2.

91

« Cet écosystème isolé du monde depuis des milliards d'années a réussi à trouver son chemin, vous explique Jean-Christophe. Il vit, meurt, et revit à nouveau. Le seul problème, ce sont les effets secondaires. Il y a malheureusement un prix à payer pour l'immortalité... LA MUTATION !

— La mutation ? demande Marjorie. Explique !!!

— Tous les organismes de cet endroit sont passés par la même évolution que l'homme, qui vivait à la surface, explique-t-il. Les hommes qui ont vécu ici, dans cette grotte, ont vécu, sont morts et ont ressuscité, sous une autre forme, au fil des millénaires. Ils ont subi transformations après transformations.

— Alors, te mets-tu à réfléchir, ces horribles créatures ailées sont en fait des hommes ?

— Je ne peux pas le dire. Ces plantes aux grands yeux peuvent être les descendants directs des hommes. Personne ne peut prédire les résultats de siècles de mutations. Conclusion, si nous ne voulons pas que la race humaine finisse par muer en salade, il faut empêcher ces plantes de déverser cette sève régénératrice... IL FAUT LES ABATTRE !

Allez au chapitre 85.

92

Marjorie avait raison, il y a de tout sur ces tablettes. Des produits qui rendraient fou de jalousie n'importe quel sorcier...

Rends-toi au chapitre inscrit près du contenant que tu auras choisi...

93

IL N'Y A PAS TRENTE-SIX SOLUTIONS ! Si vous voulez sauver Sombreville, il faut que l'un de vous soit catapulté. Comme les zombis, sur le rempart…

« PAS QUESTION QUE JE SOIS VOLONTAIRE ! s'oppose Marjorie. J'ai, euh, le vertige… BON !

— Depuis quand as-tu le vertige, toi ? lui demande son frère, incrédule.

— Depuis environ vingt secondes, ne se gêne-t-elle pas pour lui répondre. Depuis que vous avez eu cette idée complètement idiote… »

Tu regardes Jean-Christophe. L'idée ne l'enchante pas beaucoup plus. Tu réfléchis quelques secondes et tu leur dis :

« Moi, je suis prêt à faire un marché avec vous. Je suis volontaire, mais vous me promettez de faire le ménage de ma chambre pour toute l'année qui vient. Ma chambre d'hôpital aussi, il va sans dire, si ça ne marche pas… »

Marjorie et Jean-Christophe acceptent, et tu t'assois dans le bac à projectiles de la catapulte…

Allez au chapitre 36.

94

ZAAAAAAMMM ! Raté…

Vous contournez le rempart de la ville pour vous éloigner. Les zombis sont plutôt rusés et prennent des directions différentes pour vous encercler. Vous les entendez grogner d'un peu partout. Vous ne les voyez pas, mais vous savez qu'ils sont là.

Une brèche dans le rempart vous offre peut-être une entrée inespérée dans la ville. Vous vous y introduisez tous les trois. La brèche devient trop étroite, et, pour continuer, vous devez vous mettre de côté. Il fait de plus en plus noir autour de vous. Les pierres du rempart te serrent la poitrine. C'est beaucoup trop étroit, vous ne pourrez jamais passer. Vous décidez de rebrousser chemin, mais à l'entrée, un gros zombi, qui avait lui aussi trouvé la brèche, est resté coincé. Il n'y a plus moyen de sortir

Vous allez rester comme ça, avec lui, très très longtemps… EMMURÉS VIVANTS !

FIN

95

Arrivé juste au bord du ravin du revenant, tu actionnes le système de pilotage automatique et tu sautes hors de la cabine. Le centaure avance à quelques centimètres du gouffre et puis s'arrête net, sans aucune raison apparente…

Tu te grattes la tête en te demandant si tu as bel et bien configuré le système du centaure mécanique pour qu'il plonge dans le ravin. Tu crois bien que oui. Pendant que tu cherches à comprendre, le centaure fait demi-tour et retourne en direction de Sombreville. Tu t'écartes de son chemin pour ne pas être broyé par ses immenses sabots de métal noir.

Lorsque tu aperçois la lueur bleue dans ses yeux, tu comprends que le fameux revenant du ravin a décidé de se payer une petite balade à bord du centaure…

Vous suivez le monstre mécanique, qui avance toujours vers la ville, espérant qu'il va manquer d'essence. Il s'approche des grandes portes des remparts et, d'un coup de sabot, les fait voler en éclats.

CRAAAAAAAC !

Il pénètre dans la ville au chapitre 49.

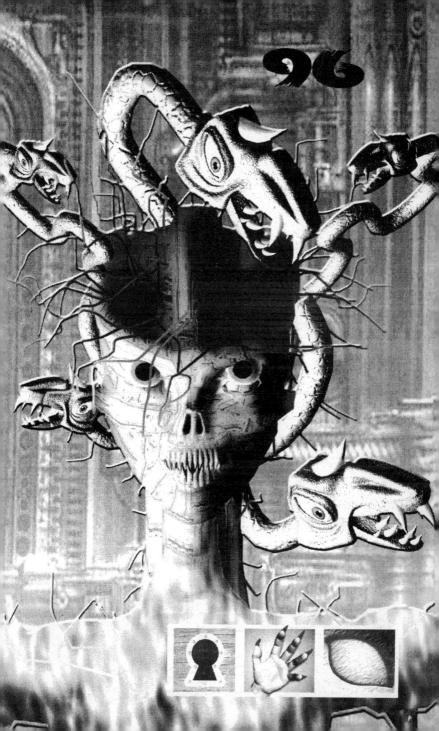

97

Certain d'avoir choisi la bonne clé, tu la serres bien entre les dents comme le faisaient les pirates avec leur poignard. Tu escalades à nouveau le centaure mécanique jusqu'à la porte. Là, tu enfonces la clé, qui s'insère parfaitement dans la serrure. Tu montres les pouces en signe de victoire à tes deux amis, qui attendent au pied du centaure.

Tu tournes la clé, mais à ton grand étonnement… LA PORTE NE S'OUVRE PAS ! Un bruit assourdissant de moteur qui se met en marche secoue tout le centaure. Qu'est-ce qui se passe ?

Les yeux du centaure s'illuminent. Un de ses sabot se soulève, puis se pose sur le sol. Un nuage de poussière se forme autour de Jean-Christophe et de Marjorie. Lentement, le centaure mécanique descend de son socle. Tu jettes un coup d'œil à l'intérieur de la cabine. Le centaure doit être muni d'un ordinateur de guidage puisqu'il n'y a personne derrière les commandes.

Le centaure se dirige tout droit vers le rempart de la ville. Tu tentes désespérément d'ouvrir la porte, mais tu ne peux rien y faire.

Va au chapitre 38.

Derrière vous, la créature rugit, GRAOUUU !
Juste à temps !

Un très long passage parsemé de toiles d'araignées vous conduit une centaine de mètres sous terre dans une caverne éclairée par des flambeaux. Bon, quelqu'un habite cet endroit, ça c'est certain.

Il y a une table où traînent des restes. Il n'y a pas très longtemps, il y a eu un banquet ici. Une carcasse ravagée de dinosaure trône au centre et faisait partie du festin. Marjorie s'assoit sur une des chaises qui entourent la table.

« Non mais, t'as vu la dimension de ce meuble ? te dit-elle en balançant les pieds dans le vide. Mes pieds ne touchent pas le sol. »

Sans compter le passage caché, il n'y a qu'une seule sortie de cette salle de banquet souterraine : c'est une grande porte de pierre aux gonds énormes. Est-elle verrouillée ? Pour le savoir…

… tourne les pages du destin.

Si elle est verrouillée, repassez par le tunnel secret et retournez au cimetière au chapitre 3.
Si elle s'ouvre, allez au chapitre 14.

Une nuée de chauves-souris vous survolent. Tu réussis à apercevoir deux petites canines dans leur bouche… DES CHAUVES-SOURIS VAMPIRES !

Au pied du puits de forage, il y a une grande cage ouverte, assez grande pour y enfermer un tigre ou un lion. Tu examines le sable et tu remarques qu'il y a des traces récentes d'animal. Quelqu'un a abandonné son animal préféré parce qu'il était devenu trop gros ou trop gourmand. Sur vos gardes, vous examinez les alentours. Bon ! À première vue, l'animal ne semble pas être dans le coin.

Il y a trois cercueils appuyés contre le mur d'un grand hangar… SANS PORTES. Vous vous approchez. Tu colles une oreille sur le premier… RIEN ! Sur le deuxième… RIEN NON PLUS ! Sur le dernier… UN SIFFLEMENT !

Est-ce qu'un zombi dort à l'intérieur ? Il n'y a qu'un moyen de le savoir. Marjorie ferme les yeux… TU OUVRES LE COUVERCLE !

C'est non pas un zombi, mais plutôt l'entrée du hangar. Une entrée si soigneusement dissimulée signifie que l'on veut cacher quelque chose…

Vous pénétrez à l'intérieur du hangar au chapitre 21.

100

Pas trop certains de ce qui se passe, vous faites une autre feinte, mais vers la gauche cette fois-ci. Le liquide va vers la gauche et se replace encore une fois juste devant vous.

Il faut que vous soyez plus rusés que lui. Vous faites alors un geste comme si vous alliez courir vers la gauche, mais vous vous arrêtez et allez plutôt vers la droite. La flaque de liquide glisse vers la gauche et vous ouvre une voie. Vous courez vers l'escalier et vous descendez aussi bas que vous le pouvez.

Cinq étages plus bas, vous vous butez à une lourde porte verrouillée. Vous essayez de l'enfoncer, mais il n'y a rien à faire, elle n'ouvrira pas d'un cheveu. Le petit bras de Marjorie réussit à passer entre les barreaux du judas. En tâtonnant, elle fait glisser le loquet et ouvre la porte, qui grince sur ses gonds crasseux.

CRRIIIIIIIIIIIIIIII !

Un labyrinthe de couloirs s'étale devant vous. Vous risquez probablement de vous y perdre, mais vous pourriez aussi semer cette flaque dangereuse qui vous court après…

Dix minutes plus tard, après une course effrénée, vous arrivez dans une pièce un peu sombre, au chapitre 50, où vous attend…

101

Ne sachant pas trop ce qui va se produire, tu récites timidement l'incantation. Le vent se lève, et, à tes pieds, le sol se met à bouger. Tu fais un pas en arrière, et une clé apparaît, suivie d'une main horriblement blanche. Ensuite, un bras s'extirpe de la terre. Une tête cachée sous une cagoule apparaît, et la silhouette sombre drapée de noir vous ouvre la porte avant de disparaître à nouveau dans les profondeurs de la terre...

« Il faut que je me rappelle cette incantation ! pense Marjorie, en notant le tout dans son calepin. Il arrive très souvent que j'oublie les clés de la maison... »

Tu pousses la lourde porte de la tourelle sans trop savoir ce que vous allez trouver derrière. Tu songes soudain à la lueur que tu as aperçue plus tôt...

Entre les toiles d'araignées, vous découvrez des fioles, des bouquins et des grimoires poussiéreux. Des cadavres séchés d'animaux étranges sont suspendus à une poutre au-dessus d'une grande marmite où bout à grand feu une mixture malodorante...

Allez au chapitre 29.

102

Il faut à tout prix découvrir ce que contient ce coffre. Quelle est la combinaison pour l'ouvrir ?

Si tu penses que la combinaison est 77, 32 et 98, rends-toi au chapitre 43.

Si tu penses que la combinaison serait plutôt 44, 58 et 31, va alors au chapitre 20.

103

La tête cachée entre tes bras, tu émerges juste à temps de la forêt des plantes. La voûte de la caverne cède dans un fracas indescriptible.

Une pluie d'os, de crânes et de pierres tombales provenant du cimetière plus haut s'abat sur vous. Vous cherchez sans succès un refuge. L'eau des rivières déborde et inonde ce monde oublié depuis des milliards d'années. Autour de vous, tout se calme, et vous flottez dans l'eau qui vous ramène allègrement à la surface.

À la nage, vous réussissez à rejoindre les berges de ce nouveau lac. À la surface arrivent de gros bouillons. Toutes les traces de ce monde étrange ont été effacées par le déluge.

Le jour vient tout juste de se lever…

« FINIS LES ZOMBIS ! hurle de joie Marjorie en se tapant dans les mains. Nous allons pouvoir dormir sur nos deux oreilles ce soir…

— Euh, Marjorie, la reprends-tu, tu veux dire : tes trois oreilles, parce que, je suis vraiment désolé de te l'apprendre, tu as été éclaboussée par la sève de ces plantes géantes, et il vient de te pousser… UNE TROISIÈME OREILLE !

— QUOI ? hurle-t-elle, la mine éberluée.

— NON ! NON ! NON ! fais-tu en riant. C'est une blague, je t'ai bien eue… »

FÉLICITATIONS !
Tu as réussi à terminer…
Le monstre de Zombiville !

AVERTISSEMENT

Je te conseille de ne pas lire cette histoire si tu es du genre à avoir peur de ton ombre. Si tu aimes lire un peu avant de te coucher, ce n'est pas une bonne idée non plus. Il ne faut pas le faire parce que, vois-tu, cette histoire est…

UNE VRAIE HISTOIRE DE FANTÔMES !

Les conséquences pourraient être très graves. Tu ne pourrais plus jamais fermer l'œil, la nuit. Tu manquerais de sommeil. Ta peau deviendrait toute pâle. Les yeux rougis par la fatigue, tu ressemblerais de plus en plus à un… ZOMBI ! Enfin, tu vois le genre…

FAIS CE QUE TU VEUX ! Mais tu ne pourras pas dire que… JE NE T'AI PAS PRÉVENU !

Cette histoire incroyable n'est pas une légende. Elle ne m'a pas été racontée non plus par l'ami de mon grand-père ou par le voisin de mon oncle. Elle m'est arrivée, à moi. Oui, à moi ! Richard Petit, l'auteur et l'illustrateur de ce livre.

Tu sais, lorsque tu es destiné à faire quelque chose dans la vie, eh bien il y a de petits signes, de petites situations qui te mettent sur cette voie dont tu ne connais pas l'existence. Moi, je n'ai jamais pensé, ni même rêvé qu'un jour j'allais écrire des livres d'épouvante. Mais aujourd'hui, lorsque je réfléchis, je me rappelle cette époque et toutes ces étranges situations qui me sont arrivées, à moi, seulement à moi.

Ces événements me semblaient bien banals à l'époque, et, étant très jeune, je ne me doutais en rien où cela allait me conduire. Mais aujourd'hui, je comprends pourquoi ça m'est arrivé à moi. Je vais te raconter l'histoire que je considère comme la plus incroyable. N'oublie pas que tout ce qui suit… EST VRAIMENT ARRIVÉ !

Il y a très longtemps, lorsque j'avais 9 ans, j'habitais le quartier Rosemont à Montréal. L'année scolaire allait bientôt se terminer, et pour l'été qui arrivait, mes parents avaient décidé qu'un changement nous ferait le plus grand bien. Ils avaient décidé de louer un chalet à la campagne. Quelles belles vacances en plein air j'allais vivre avec mes trois frères ! À cette époque où nous échangions des cartes de hockey, nous, nous allions abandonner le ciment et l'asphalte de la ville pour une rivière et une forêt. ÇA ALORS ! L'aventure, en somme. Mes frères et moi étions très enthousiastes, il va sans dire.

Entassés tous les quatre dans l'auto avec nos parents, nous avions quitté la ville par un beau samedi matin. Le coffre de la vieille voiture de mon père était plein de vêtements, de casseroles et de serviettes de plage. Je me rappelle que le voyage avait duré 55 minutes. Je me plaignais que c'était long. Mes frères aussi. C'était tout à fait normal, car nous avions peu voyagé. Toute balade en voiture d'une durée de plus de 15 minutes était pour nous un très long voyage. Il faut ajouter à cela que nous étions aussi impatients d'arriver.

Sur l'autoroute, alors que nous étions à mi-chemin de ce très long périple, j'ai demandé à ma mère le nom de l'endroit où nous allions. Elle n'en avait jamais fait mention auparavant. Elle m'a répondu, après quelques secondes d'hésitation : « Le village où nous allons passer l'été s'appelle Bée… »

Tout de suite, dans ma tête, j'ai trouvé ce nom assez étrange : Bée. Il faut que tu notes ici que c'est moi qui ai posé la question, et non pas mes frères. J'ai trouvé bizarre aussi que mes parents n'en aient jamais parlé auparavant. Ce n'est qu'aujourd'hui que j'ai compris que ce nom de village étrange allait parfaitement avec cette histoire de fantômes que j'allais vivre. Pour moi maintenant, le village de Bée est synonyme de fantômes comme la Transylvanie est pour tout le monde le domaine des vampires. RETIENS CE NOM ! Bée…

Une fois arrivés au chalet, la voiture

n'était pas complètement arrêtée que je me catapultais hors de l'habitacle. Ça sentait bon, et il faisait très beau. Mes parents n'étaient pas encore sortis de la voiture que je partais en exploration. Tout autour du chalet, il y avait des fermes et de grands champs. De l'autre côté de la route, il y avait une rivière tout en bas d'une petite pente. L'eau était si claire que je pouvais apercevoir le lit de roches. Il y avait de gros poissons et des carpes argentées qui, avec leur bouche en forme de ventouse, aspiraient les insectes et les algues dont elles se nourrissaient.

Après avoir longé le bord de la rivière quelque temps, j'ai entrepris d'escalader la pente à pic. En cours de route, je suis arrivé face à face avec un vieil homme étrange qui errait entre les arbres. J'étais paralysé par cette apparition soudaine. Le vieil homme est passé tout près de moi sans même me regarder. Il a marmonné quelque chose en anglais, puis il est disparu. Mon cœur, qui s'était arrêté, s'est mis à battre à nouveau. J'ai alors escaladé ce qui restait de la pente en courant à quatre pattes comme un chien.

Revenus près du chalet, mes frères avaient fait la connaissance de nos voisins. Tout le monde a remarqué que j'étais essoufflé et blanc comme un drap. Ils ont vite compris que je venais de faire la rencontre de Mister Mister.

Mister Mister était un vieil homme qui habitait la maison délabrée perchée sur la colline. Comme elle était cachée entre les arbres, je ne pouvais qu'apercevoir quelques planches sur lesquelles frisait la peinture blanche. Nos nouveaux amis nous ont raconté que le vieil homme était un peu bizarre : il aurait, semble-t-il, fait les deux grandes guerres, donc il était très vieux.

Juste à côté de notre chalet, il y avait la ferme d'un jeune agriculteur. Il s'appelait Pierre Chauvet. Il avait une femme et deux très jeunes garçons. Nous nous sommes liés d'amitié rapidement avec lui. Nous travaillions sur sa ferme, et en retour, il nous permettait de jouer dans sa grange et sur ses terres immenses sur une desquelles on retrouvait une espèce de cimetière de machinerie agricole. J'adorais jouer avec les mécanismes rouillés de ces vieilles machines abandonnées par les fermiers de la région. J'ai passé les étés de mon enfance à ce merveilleux petit chalet de Bée où je pouvais m'amuser comme un fou.

Ces années merveilleuses ont passé très vite, et j'ai grandi. Lorsque j'ai eu 24 ans, mes parents ont décidé de quitter la ville pour aller vivre définitivement à Bée avec mes deux plus jeunes frères. Je leur rendais visite et, naturellement, je demandais des nouvelles de tout le monde et de Pierre, notre ami fermier. Un soir d'automne, mes frères m'ont annoncé une bien triste nouvelle : la jeune femme de Pierre était très malade, elle souffrait d'un cancer. J'étais très attristé par cette nouvelle. Elle est morte quelques mois plus tard, au printemps…

Une année a passé ; je téléphonais souvent à ma mère, lui demandant de temps à autre des nouvelles de Pierre. Son moral était bon, car il avait dernièrement rencontré une autre femme avec qui il voulait refaire sa vie. J'étais content pour lui, mais il y avait une ombre au tableau, m'avait révélé ma mère. Les parents de Pierre ainsi que ses sœurs n'acceptaient pas que Pierre refasse sa vie. Comment pouvait-il si vite oublier sa jeune femme décédée seulement une année plus tôt ? Ils ne pouvaient pas comprendre que Pierre se sentait seul et qu'il avait besoin de quelqu'un pour partager sa vie. C'est alors que sa situation familiale s'est détériorée…

Ses parents et même toute sa parenté se sont mis à l'éviter et à le bouder comme le font les jeunes enfants. Croyant qu'ils comprendraient un jour et que tout redeviendrait comme avant, il a attendu, respectant leur choix, leur opinion. Mais la situation ne s'est pas améliorée. Pire… ELLE S'EST ENVENIMÉE !

Un jour, durant la période de Noël, en revenant d'une journée de magasinage, il a ouvert la porte de la maison et s'est rendu compte que quelqu'un était entré chez lui : sa maison était sens dessus dessous. Le fil de téléphone avait été arraché, les meubles avaient été renversés, et les tableaux sur les murs avaient été décrochés et jetés sur le plancher. Il a tout de suite appelé les policiers, qui ont vite remarqué qu'aucune porte ni aucune fenêtre n'avait été forcée. Ceux qui étaient entrés chez Pierre avaient sûrement un double de la clé, car la porte était verrouillée à son arrivée… Pierre s'est plongé dans une longue réflexion par la suite. Il se demandait si les membres de sa famille auraient pu faire un tel geste pour se venger. Il n'y croyait pas. Moi non plus d'ailleurs, lorsque ma mère m'a raconté cette histoire invraisemblable.

Le lendemain, HORREUR ! En revenant d'aller chercher les enfants à l'école, Pierre a découvert qu'encore une fois, quelqu'un s'était introduit chez lui et avait tout foutu à l'envers. Pierre a donc décidé de changer la serrure de la porte. Mais cela a été inutile, car chaque fois que Pierre quittait la maison avec son amie et ses deux enfants, quelqu'un mettait la maison sens dessus dessous.

Au bout d'un certain temps, les intrus ne se sont plus contentés de mettre tout à l'envers dans sa maison. Ils déplaçaient son tracteur jusqu'à la rue et ils dégonflaient les quatre pneus. Souvent, les vaches erraient partout sur la route parce que quelqu'un avait volontairement ouvert leur enclos. Pierre ne pouvait rien faire, car il n'avait jamais réussi à les attraper. J'avais beaucoup de difficulté à croire cette histoire, car je connaissais bien les parents de Pierre, je ne croyais pas qu'ils seraient capables de lui faire ce genre de chose. J'étais très sceptique…

Un soir où je terminais mon repas au chalet avec mes parents et mes frères, j'en ai eu assez d'entendre ce genre d'histoire sur mon ami Pierre. J'ai donc décidé de passer à l'action et de trouver les coupables. Je me suis levé de table et j'ai annoncé à mes frères, avec détermination, que nous allions tous les trois découvrir ce qui se passait là-bas… CE SOIR !

Nous sommes partis tous les trois par cette soirée froide en direction de la maison de Pierre, le fermier. Il était 17 h 55, et mon frère Gilles m'a informé que Pierre serait de retour vers 18 h 05. Il devait aller chercher sa copine qui travaillait en ville. Nous nous sommes donc cachés dans la grange pour surveiller les lieux. Peut-être allions-nous être chanceux et recevoir la visite des malfaiteurs…

Comme prévu, Pierre est arrivé vers 18 h 05. Nous sommes tous les trois sortis de la grange et allés au-devant de lui. Il était content de nous voir, et moi aussi. J'ai fait la connaissance de sa copine, une belle et charmante femme. Pierre a ensuite ouvert la porte de la maison. À l'intérieur, il régnait un désordre incroyable. Les yeux ébahis, j'ai dû me rendre à l'évidence… IL SE PASSAIT QUELQUE CHOSE ICI !

« Tu vois, m'a dit Pierre, je quitte à peine cinq minutes, et c'est comme ça à mon retour… »

Je regardais la mine déconfite de Pierre, et ça me choquait. C'est à ce moment que je lui ai promis que j'allais trouver les coupables, et pas plus tard que ce soir-là.

Quel stratagème allions-nous utiliser pour les attraper ? C'est très simple. Mes deux frères et moi allions marcher sur la route et faire comme si nous retournions chez nous. Cinq minutes plus tard, Pierre devait quitter les lieux pendant 15 minutes avec sa copine et ses deux enfants. Cinq minutes, ça nous donnait juste le temps, à mes frères et moi, de faire le tour par les bois pour ensuite aller nous cacher dans la grange de Pierre et surveiller sa maison.

Nous avons attendu quinze longues minutes dans la grange. Il faisait un peu noir. C'était froid. Mais moi, je m'en foutais de geler, je voulais tellement attraper ces malfaiteurs, peu importe qui ils étaient…

Les 15 minutes ont passé sans que nous ayons aperçu quelqu'un. Pierre est arrivé dans sa voiture. Nous sommes alors sortis tous les trois de la grange. Nous nous sommes dirigés avec lui vers l'entrée de sa maison. Pierre a ouvert la porte, et à notre grand étonnement… TOUT ÉTAIT À L'ENVERS !

J'ai regardé tout de suite mon frère Jean-Claude, qui était chargé de surveiller la deuxième porte. Je lui ai demandé s'il avait quitté cette porte des yeux, ne serait-ce que pour quelques secondes. Il m'a répondu que oui, pour deux ou trois secondes, le temps de répondre à une question que je lui avais posée.

J'ai donc décidé de répéter le stratagème avec ordre à tout le monde de ne pas quitter la porte des yeux, ne serait-ce que pour une fraction de seconde.

Installé dans la grange à nouveau, je fulminais à l'idée de m'être fait jouer de la sorte. Quinze minutes plus tard, après avoir à peine cligné des yeux, nous nous catapultions de la grange en direction de la maison avec Pierre. J'avais très hâte d'ouvrir la porte, car je savais que, cette fois-ci, nous avions fait un travail de surveillance impeccable. Pierre a ouvert la porte et allumé la lumière. Dans la maison, tout était encore une fois... SENS DESSUS DESSOUS !

Je dois t'avouer que j'étais hors de moi, mais tout de même décidé à aller au fond des choses...

Avec une pelle, j'ai déposé de la neige autour de la maison, question de voir des traces de pas et ainsi découvrir par où les malfaiteurs passaient. Après avoir soigneusement fait cela, nous avons refait notre petit manège : nous sommes retournés nous cacher dans la grange pendant que Pierre partait avec sa voiture en compagnie de sa copine et de ses deux enfants.

avec sa voiture en compagnie de sa copine et de ses deux enfants.

Nous sommes restés quinze longues minutes dans la grange à attendre sans que rien ne se passe. J'étais très impatient de découvrir l'état de la maison au retour de Pierre. Il a fini par arriver. Avec mes frères, j'ai couru vers la maison et découvert, découragé, que tout était à l'envers encore une fois. Muni d'une lampe de poche, j'ai fait le tour de la maison et je n'ai vu aucune trace dans la neige. Il fallait donc se rendre à l'évidence, peu importe d'où provenait le problème… ÇA VENAIT DE L'INTÉRIEUR DE LA MAISON !

Nous avons fouillé la maison de la cave au grenier, et une maison ancestrale, c'est grand. Il y avait un fouillis incroyable au grenier et un système de chauffage gigantesque à la cave. Des dizaines de boîtes nous bloquaient le passage.

C'est à ce moment que j'ai eu une idée incroyablement stupide, lorsque j'y pense aujourd'hui. Je leur ai dit : « Vous allez tous quitter la maison pendant que moi, je me cacherai derrière un grand fauteuil pour les surprendre… »

Deux minutes plus tard, tout le monde était sorti. Je me suis retrouvé vite accroupi, comme un crétin, derrière le sofa vert, dans la noirceur la plus complète, à me demander ce que je faisais là, car je n'avais aucune idée avec qui ou à quoi j'aurais à faire face… TOUT SEUL ! Ces 15 minutes ont été les plus longues de ma vie. IL NE S'EST ABSOLUMENT RIEN PASSÉ…

Les pneus de la voiture de Pierre ont fini par rouler sur le gravier de son entrée de garage. Toujours accroupi, j'attendais avec impatience qu'il ouvre la porte et la lumière. Lorsqu'ils ont franchi le seuil de la porte, je me suis levé pour découvrir, stupéfait, que les meubles du salon où j'étais avaient été renversés et que les tableaux traînaient partout, par terre…

Pierre, sa copine et mes deux frères m'ont regardé et m'ont demandé ce qui c'était passé. J'ai haussé les épaules, car je n'y comprenais rien… JE N'AVAIS ABSOLUMENT RIEN ENTENDU !

Bon voilà ! Cette histoire est vraie, et un jour, dans un avenir très proche, j'écrirai un livre sur cette invraisemblable histoire de fantômes. Tu connaîtras alors la fin. En attendant… DORS BIEN !

Richard